カミカゼの幽霊

人間爆弾をつくった父

神立尚紀

小学館

◉飛行服、飛行帽姿の大田正一。連合艦隊司令長官・豊田副武大将が神之池基地を視察した際の集合写真より

◉1945年4月1日、沖縄本島へ上陸した米軍に、未使用の状態のまま鹵《ろ》獲《かく》された桜花

●1944年11月20日頃、神之池基地を視察した永野修身元帥と神雷部隊の隊員たち。前列中央が永野元帥、その右・岡村基春司令。2列め左から4人めが大田正一

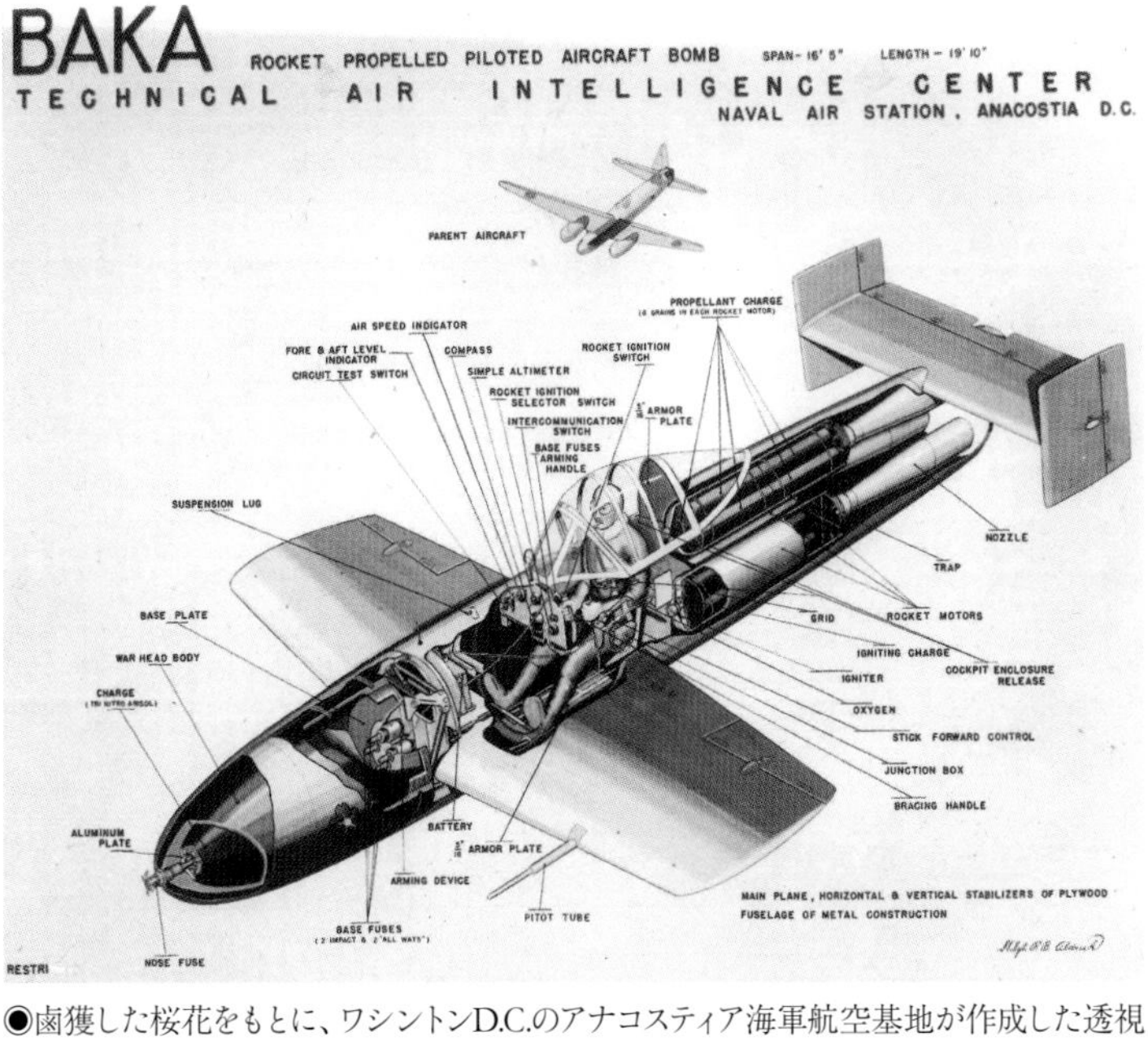

●鹵獲した桜花をもとに、ワシントンD.C.のアナコスティア海軍航空基地が作成した透視図。桜花は米軍から「BAKA」あるいは「BAKA Bomb」（馬鹿爆弾）と呼ばれた

左◉神雷部隊の桜花搭乗員たち。右から2人めが大屋隆司・美千代夫妻と面会した植木忠治（当時一飛曹）

左下◉1945年3月21日、桜花を吊って鹿屋基地から出撃する神雷部隊の一式陸上攻撃機。この日が桜花の初出撃だった

下◉1945年3月21日、米軍戦闘機のガンカメラが捉えた神雷部隊の一式陸攻。胴体の下に桜花を吊っているのが見える。この日、出撃した18機は全機が撃墜され、攻撃は失敗に終わった

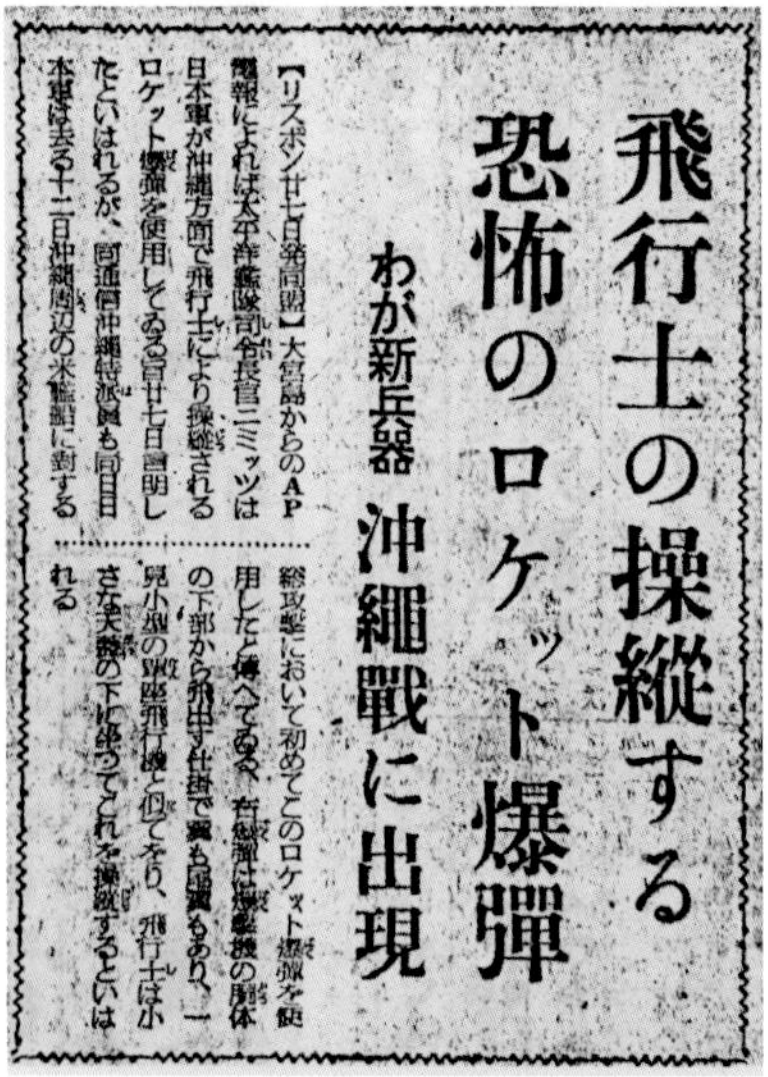

飛行士の操縦する
恐怖のロケット爆弾
わが新兵器 沖縄戦に出現

【リスボン廿七日発同盟】大宮島からのAP電報によれば太平洋艦隊司令長官ニミッツは日本軍が沖縄方面で飛行士により操縦されるロケット爆弾を使用してゐる旨廿七日言明したといはれるが、同通信沖縄特派員も同日本軍は去る十二日沖縄周辺の米艦船に対する総攻撃において初めてこのロケット爆弾を使用したと伝へてゐる、右爆弾は爆撃機の胴体の下部から飛出す仕掛で翼も尾翼もあり、一見小型の単座飛行機と似てをり、飛行士は小さな天蓋の下に坐つてこれを操縦するといはれる

◉1945年5月2日、新聞各紙に掲載されたリスボン発同盟通信電の記事。この時点では軍事当局から桜花の存在は公表されていない

◉1945年5月頃、報道班員として従軍した作家・山岡荘八が鹿屋基地で撮影したとされる神雷部隊司令・岡村基春大佐

◉右端が横山道雄と名乗っていた大田正一、左から２人めが「横山」と結婚した大屋義子。1974年、島根県邑智郡の義子の実家前で

◉2016年、自宅前にて。左が隆司の妻の美千代、右は義子

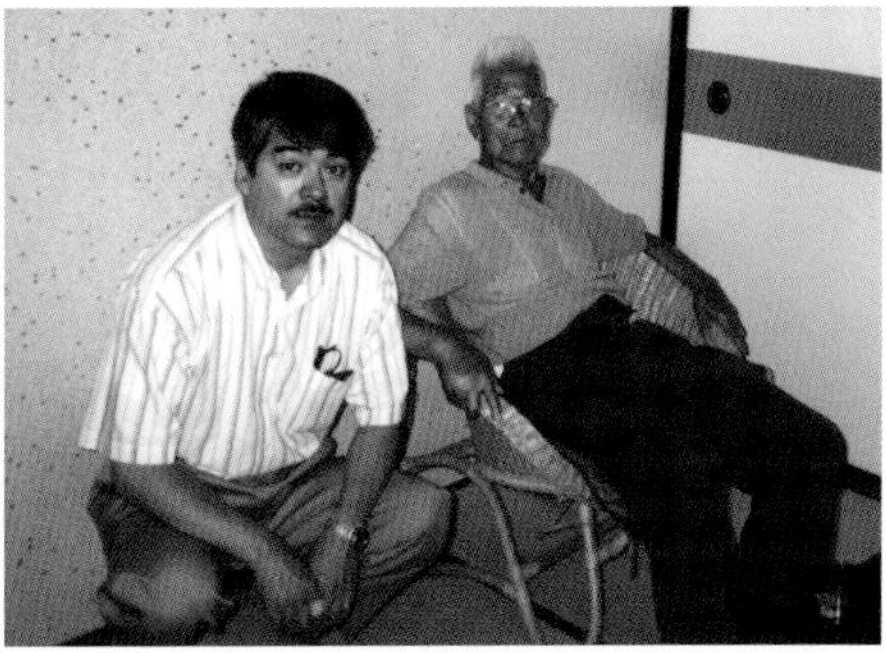

◉1994年6月6日、高野山の高室院を訪れた大田正一（右）と息子の大屋隆司

カミカゼの幽霊

人間爆弾をつくった父

目次

序章

失踪

◉1994年5月、横山道雄こと大田正一が失踪したとき、飼い犬の「トム」を繋いだ児童公園の木。その後ろの間口の狭い建物が大田自作の家

「トム君が公園の木に繋《つな》がれたままになってるで！」

大屋隆司《おおやたかし》の家に近所の自動車整備会社「毛利モータース」の主人が駆け込んできたのは、一九九四年五月、大型連休が明けて間もない十三日金曜日の朝のことだった。

トムはこの家に飼われている茶色い雑種犬で、隆司の父が溺愛《できあい》し、いつも一緒に散歩に出かけている。大屋家は父と母・義子、四十一歳の隆司、隆司の妻・美千代の四人家族だが、美千代が子犬の頃に拾ってきてから五年、なぜかトムは父にしかなつかなかった。ただ、父はこのところ脚が不自由になり、散歩と言ってもあまり遠出はできない。トムが繋がれていたのは、家のすぐ裏手にある児童公園だった。公園の先は、道路を一本はさんで雑草の生えたなだらかな坂の堤防になっていて、その向こうを神崎川が流れている。

毛利モータースの主人は、隆司の父がタクシーに乗りたいと言うので歩いて数分の阪急相川《あいかわ》駅の東口まで手を貸した。ところが、しばらく経ってトムが木に繋がれたままになっているのに気づき、これはおかしいと思って知らせにきたのだ。

脚の不自由な父が一人で遠くへ行くはずがない。「横山道雄《よこやまみちお》」と名乗る父の実の名前は「大田正一《おおたしょういち》」といい、理由《わけ》あって戸籍がない。このことを隆司が知ったのは中学三年生の頃だったが、父は戸籍がないため年金がもらえない。遠出できるほどの金は持っていないはずである。

だが、相川駅からタクシーに乗ったきり、日が暮れても父は帰ってこなかった。これはただごとではないと気づいた隆司は、捜索願いを出そうと東淀川警察署へ相談に赴いた。ところが係の警察官は、事情を話し始めたとたんに怪訝《けげん》な顔をして、

「お父さんに戸籍がなくて名前が二つあるってどういうことや。なんか犯罪に関わってるのとちがうか？」

と、捜索願いの話はそっちのけで、本人の素性を怪しんであれこれ訊《き》いてくる。大屋隆司の「大屋」は母方の姓で父の二つの姓とも異なるから、家族と言っても不審に思われるのは無理もない。しかし、このことを説明しだすと長くなるし、そもそも信じてもらえるかどうかわからない。

「すんません、もういいです。ありがとうございました」

と、隆司は、警察に頼らず自分で探すことにした。取るものもとりあえず、相川駅東口前に行っていつもいるタクシーの運転手たちに聞いてみた。するとすぐに、

「ああ、そのおじいちゃんやったら、わしが伊丹《いたみ》空港まで乗せたで」

という運転手が見つかった。

伊丹空港のターミナルに電話をかけると、確かに今日、脚の不自由な老人が一人で空港を訪れ、那覇行きの便に乗るのに空港で車椅子を用意したと言う。

「どうして沖縄に？」

と思いながら次に那覇空港に電話をかけると、伊丹から到着した便に老人の一人客がいて、車椅子を出してタクシー乗り場に案内したとの答えが返ってきた。

だがここで、父の足どりは途絶えた。どこかに泊まっているだろうと沖縄じゅうのめぼしいホテルに電話をかけて問い合わせたが、手掛かりはなかった。

飛行機に乗って沖縄へ行くような金をなぜ持っていたのかと、不審に思って銀行口座を調べてみると、母の口座から二四万円もの大金がキャッシュカードで引き出されている。父はその金を持って消えたのに違いなかった。

隆司のもとへ、和歌山県の白浜警察署から電話がかかってきたのは、父が失踪して二日後の日曜日の夕方、沖縄へ探しに行こうとしていた矢先のことだった。

白浜海岸の観光名所、三段壁《さんだんべき》から飛び降りようとした老人を警察署で保護している、家族の連絡先を聞いたらあなたが息子だと言うから迎えに来い、という。太平洋に面した高さ六〇メートルの断崖絶壁を、飛び降りればもちろん命はない。だが老人は思うように脚が動かなかったせいか、柵を乗り越えようとして越えられずにいるところをたまたま通りがかった観光客に発見され、近くの公衆電話から一一〇番通報されたのだ。

沖縄に行ったはずの父がどうして方角違いの南紀白浜で自殺を図ったのか、わけがわからない。隆司はすぐに、離れて暮らす弟の三郎に連絡して車を出させ、不安そうにしている母には留守番を頼んで、美千代と三郎の妻と四人で車に乗り込む。三時間後、約一八〇キロ離れた白浜署に駆けつけた。

父は悄然とした様子で、警察署のロビーの長椅子に一人ポツンと座っていた。

「お義父《とう》さん、どこ行ってたんや。みんな心配して探してたんやで」

叱りつけるような口調で美千代が声をかけると、

「すまんかった……」

父は突然、子供のように声を上げて泣き出した。隆司も美千代も、もちろん三郎夫婦も父のこんな姿を見るのは初めてだった。

隆司が警察署で簡単な事情聴取を受け、身元引き受けの書類に住所を記してサインをすると、父と自分の姓が違うことを問われた。

「じつは父には戸籍がないんです」

と正直に答えると、

「え？　戸籍がないんですか？」

係の警察官は驚いたようだったが、それ以上父の身元を深く詮索することもなく、

「とにかく、ここにおられても困るから、早《は》よ連れて帰ってください」

と言う。家路につく車の中で、父はずっと泣いていた。涙ながらに父が語ったところでは、戦争中、大勢の仲間が命を失った沖縄で死ぬつもりで伊丹空港から那覇空港に降り立ち、タクシーで読谷村《よみたんそん》の残波岬《ざんぱみさき》へ行った。残波岬は高さ三〇メートルの断崖が約二キロにわたって続いている。そこで崖から身を投げるつもりだったが、

「思っていたのと違って、すっかり観光地化されている。人出がいっぱいで俗化されたこんなところでは死ねない」

と思い直し、その日はホテル——隆司がリストアップし沖縄じゅうのホテルに電話したとき、まさかと思い、リストには入れなかった高級ホテルだった——に泊まって、翌日、また飛行機に乗って伊丹空港に戻り、そこから家には帰らずに、なんば駅から南海電車に乗って、戦友たちの菩提を弔おうと高野山に向かった。宿坊で一泊し、若い僧侶に親切にされ話を聞いてもらい、翌朝、つまり今朝、こんどこそ死のうと高野山を発ち白浜に来た、とのことだった。

失踪騒ぎのあと、父はみるみる衰弱していった。毎日、家の裏口から椅子を出し、そこに座って児童公園越しに、黙って何時間も空を見上げている。少し前までは肌につやがあり溌剌《はつらつ》としていたのが、このところ急に老け込んだようにも見える。やがて、脚がむくんでふくらはぎ

がパンパンに腫れ、杖をついても立ち上がれないほどになった。

隆司が近くの淀川キリスト教病院に連れて行き医者に診せると、末期の前立腺がん、しかも全身に転移していて余命三ヵ月だという。

父はそのまま入院することになったが、戸籍がないので国民健康保険はもちろん、保険というものにいっさい入っていなかった。最初の一ヵ月で百万円近い医療費を請求され、これでは経済的にとても持たない。隆司は、父の戸籍を回復し、住民票をつくり、国民健康保険に加入できないかと考えた。そのためには、まずは病床の父から、身元の証明に繋がる何らかの手がかりを聞き出さないといけない。

隆司の説得に、父はようやく断片的に過去のことを話し始めた。隆司が驚いたのは、父がこれまで、年齢を十歳も若くサバを読んでいたことである。

家族には「大正十一年（一九二二）十二月十一日生まれ」と称していて、それだとまだ七十一歳のはずだが、じつは大正元年（一九一二）八月二十三日生まれの八十一歳なのだという。

「正一」の名は、大正の元年生まれにちなんでつけられた名前だった。体調を崩す前までは、姿勢がよく、元気で自転車でどこにでも出かけ、本人がまめに髪を黒く染めていたこともあって、家族でさえも七十一歳だと信じ込んでいた。

隆司は母・義子の伝手《つて》で大阪市議会議員に相談し、大田正一本人の名で、東淀川区役所を通

じて厚生省（現・厚労省）援護局に戸籍回復の申立書を提出した。ほどなく返ってきた厚生省からの封書を開けてみると、そこには次のように記されていた。

〈保管資料を調査した結果、本人申立の氏名（大田正一）、生年月日（大正元年八月）、兵籍番号（呉志空79）及び最終階級（海軍大尉）が一致する者が抽出されましたので、下記の通り回答します。

大田正一　大正元年八月二十三日生まれ
山口県熊毛郡室津村668番地
昭和十七年六月十六日転籍
愛知県名古屋市西区田幡町557番地
昭和二十三年八月十九日死亡届〉

父は家族に、本籍は北海道網走郡《あばしり》にあったと称してきたが、戸籍上は山口県で生まれ、どういう理由かはわからないが、戦争中に愛知県に転籍していた。この返書をもとに東淀川区役所が、行政区分が変更され、現在「田幡町557番地」が編入されている名古屋市北区役所から取り寄せた父の戸籍謄本には、さらに驚くべき事実が書かれていた。

本人の名前に×がつけられ抹消された戸籍に、なんと妻子の名前が記されている。父には戦前に結婚した時子という妻があり、子供もいて、死亡届はその妻から出されていた。これは、父の名が偽名であったこと以上に衝撃的な事実だった。「もう一つの家庭」のことは、これまで母でさえまったく知らなかったのだ。

大阪で所帯を持って四十年以上、父は、本名こそ家族に明かしたものの、年齢や出身地を偽り、前の家庭のことも隠し続けて生きてきた。これでは、本人の身体以外、ほんとうのことはなにひとつなかったと言っても過言ではない。

ショックを受けた母は取り乱してしばらくふさぎ込み、厚生省や区役所から届いた書類を全部燃やしてしまった。そのため、先の厚生省からの返書の文面などは隆司が当時書き写したメモに拠《よ》っている。

もう一つの家庭の存在は、問題をさらに複雑にした。大田正一本人がすでに死亡したことになっているうえに、死亡届を出し、戸籍抹消の手続きをしたのが正式な婚姻関係にあった元の妻とあっては、親子関係が証明できる法律上のつながりがなにもない隆司が父の戸籍回復の手続きをすることはできない。大阪家庭裁判所にも相談したが、もはや打つ手が見つからなかった。

だが、父が生きている限り、高額な医療費は隆司に重くのしかかる。先に伝手を頼った市議

会議員の口添えで東淀川区役所の保険年金課に相談し、ここでようやく、暫定的な措置として「大田正二」の本名で医療費補助が受けられることになった。

隆司は父を淀川キリスト教病院に入院させたが、この病院は三ヵ月しか入院できない決まりがあるとのことで、こんどは、京都の銀閣寺近くの北白川にある日本バプテスト病院に転院させた。

病院には妻の美千代と母・義子が一日交替で大阪から通い、六人部屋の病床に寄り添っている。隆司も仕事の合間には顔を出した。病状が進み、だんだん意識が混濁してくると、

「隊長！」

「気をつけ！　番号！　一、二、三！」

「あの捕虜を殺せ！」

と、軍隊時代に戻ったかのような物騒なうわごとを繰り返すようになった。かと思えば、誰か人の名前を呼び、

「すまんかった！」

「許してくれ！」

と詫びていることもある。

トムの名を呼ぶこともあったが、なぜか家族のことはひと言も言わない。多少意識がはっき

りしているときでさえ、病室を訪れた美千代の背後に目をやって、

「トム、トム。トムが来たんか?」

などと言う。愛犬の幻影が見えているようだった。

最後には意識が混濁し、せん妄のせいか暴れるので、ベッドに拘束されるようになった。

十二月四日に意識を失い、七日早朝、母に看取られて父は息を引きとった。享年八十二。余命三ヵ月の宣告から半年が経過していた。死亡診断書に書かれた死因は「腎不全」だったが、がんが全身を蝕《むしば》んでいた。

父の通夜は十二月八日、告別式は九日、自宅からほど近い相川福祉会館で営まれた。

ところが、「大田正二」の名を、町内の人は誰も知らない。父は、長年近所の人とも如才なく接してきたが、表向きは最後まで「横山道雄」で通してきたし、身の上話をするほど深く付き合うような友人は生涯つくらなかった。

「回覧板でまわってきたけど、大田さんって誰や?」

と、町内会でも混乱が広がったため、隆司は「横山道雄　大田正二」と二つの名を式場に掲げ、通夜に参列した百人近い人たちの前で、

「じつは、父は戦争の後遺症をひきずって、これまで別の名前を名乗っていました」

と話した。みな、しんみりとした表情で聴いてくれたことに隆司は安堵した。

戸籍の回復はならなかったが、東淀川区役所は火葬許可を「大田正一」の本名で出した。大田の遺骨は黒のマジックインキで本名が記された白い陶器の骨壺に納められて、丹波篠山に母が購入していた墓所に葬られた。だがその墓石には正面に「大屋家」とだけあり、泉下に眠る大田正一の名はどこにも刻まれなかった。

第一章 偽名の父

◉1959年頃、就職するさいに撮られた証明写真。当時本人は「横山道雄」を名乗っていて、家族も周囲もそれを信じていた

一本の電話

私のもとへ、突然、出版社の講談社を通じて「大田正一の遺族」を名乗る人から連絡があったのは二〇一四年（平成二十六）春のことである。

戦後五〇周年にあたる一九九五年、アメリカの航空博物館「プレーンズ・オブ・フェイム」が所有する旧日本海軍の零式艦上戦闘機《れいしきかんじょうせんとうき》（零戦《ぜろせん》）が日本で里帰り飛行したのを、写真週刊誌『フライデー』の専属カメラマンとして取材した私は、そこで元零戦パイロットと出会ったことをきっかけに戦争体験者の聞き書きを始めた。私はそれまで五百人を超える旧軍人や遺族と会い、資料を収集し、何冊かの本を出していた。

言伝《ことづて》を預かった編集者によると、大阪市在住の大屋美千代《おおやみちよ》というその女性は大田正一の長男・大屋隆司の妻で、どうしても私に話したいことがあるという。

「大田正一」と聞いて、すぐに私の頭に浮かんだのは、太平洋戦争末期の一九四四年（昭和十九）、日本海軍が開発した特攻兵器「桜花」を発案したとされる男の名前である。

桜花は一・二トンの大型爆弾に翼と操縦席とロケットをつけ、それを人間が操縦して敵艦に体当たりする特攻兵器で、「人間爆弾」とも呼ばれる。母機の一式陸上攻撃機《いちしきりくじょうこうげきき》（一式陸攻）に

吊るされて敵艦隊の近くまで運ばれ、投下されれば滑空で飛行し、目標を見定めれば尾部に内蔵した三本のロケットに次々と点火して加速、そのまま敵艦に突入する。脱出装置も着陸装置もないから、ひとたび母機から切り離されれば搭乗員は絶対に生還することはできない。戦争の狂気が生んだ、人命無視の非道な兵器と言っていい。

桜花の部隊は「第七二一海軍航空隊」（七二一空）、通称「神雷部隊《じんらいぶたい》」と呼ばれ、一九四四年十月一日、「生還不能」の条件を明示した上で隠密裏に募集した志願者約二〇〇名をもって編成された。神雷部隊は桜花隊、桜花を運ぶ陸攻隊、それらを護衛する戦闘機隊からなり、現在の茨城県鹿嶋市にあった神之池《こうのいけ》基地を訓練拠点とした。開隊後も隊員は続々と増勢され、一九四五年三月二十一日、高知県の足摺《あしずり》岬南方に来襲した米海軍機動部隊に向け出撃したのを皮切りに、沖縄方面への特攻出撃を繰り返す。神雷部隊の戦没者は八二九名にのぼった。

大田正一の名は、戦時中、沖縄への特攻作戦を伝える新聞紙上に桜花（新聞での呼称は「神雷」）の発案者として大きく報じられ、戦後も公刊戦史である『戦史叢書《せんしそうしょ》』（防衛庁防衛研修所戦史室編）をはじめ、特攻について書かれた本の多くに登場している。にもかかわらず、その人物像についてはいまなお謎につつまれていて、桜花を発案するまでの経歴も、発案した経緯も、詳《つまび》らかになっていないことのほうが多い。

公式な記録では、大田は終戦直後の一九四五年八月十八日、零式練習戦闘機（訓練用の複座

型零戦）を自分で操縦して神之池基地を飛び立ち、そのまま行方不明となって殉職したとされている。だが、一部の旧海軍関係者の間では生存説もささやかれていた。私も、インタビューした何人かの関係者から、大田がじつは戦後も生きていた、と声をひそめて聞かされたことがある。

これまで何人もの戦史研究家や作家がその行方を追い、なかには秦郁彦《はたいくひこ》著『昭和史の謎を追う』（文藝春秋）や『人間爆弾と呼ばれて　証言・桜花特攻』（文藝春秋編）のように、生存説を裏づけるエビデンスや証言を収めた書籍も何冊か世に出たものの、本人の肉声や確かな足どりを伝えるものは皆無だった。

もし、電話の主が言う「大田正一」が桜花を発案した大田本人のことであるなら、知られざる歴史の空白を埋めることができるかもしれない。ぜひ話を聞いてみたいと思い、教えられた携帯番号に電話をかけた。

「出版社にご連絡いただいたそうですが、大田正一といえば、あの桜花を発案した……」

「そうです。その大田正一です」

美千代によると、義父はまさにその大田正一で、戦後四十九年経った一九九四年十二月まで存命であったという。接触する相手として私が選ばれたのは、二〇一〇年、講談社から上梓した『祖父たちの零戦』という本のなかで、桜花と大田正一にほんの少しだけだが触れているの

が美千代の目に留まったからだった。

にわかに信じられなかった。「長男の嫁」なのになぜ大田と姓が違うのかがまず不思議に思えたし、それまでにも死んだはずの著名な軍人がじつは生きていた、という話はときおり浮上することがあって、調べてみるとそれらはことごとく勘違いや作り話の類だったからだ。

一九九九年には、支那事変《しなじへん》（日中戦争）初期に中華民国空軍を相手に戦い、一九三八年七月に戦死し「軍神」に祭り上げられた戦闘機指揮官・南郷茂章《なんごうもちふみ》海軍少佐本人を名乗る老人が現れた、との記事が雑誌（『丸』エキストラ　戦史と旅18」）に掲載された。二〇〇三年には、真珠湾攻撃で零戦隊を率いた板谷茂《いたやしげる》海軍中佐（一九四四年殉職）がじつは生きていて、自分の会社の上司だったと主張する人が私のもとへ頻繁に連絡してくるのに閉口したこともある。もちろん、いずれの話もデタラメである。

今回も、大田正一を騙《かた》る別人の親族による思い込みなのではないか、という疑念がふと頭をよぎったのだ。

「義父《ちち》が桜花を発案したということはずっと家族の胸にしまってきました。でも最近、テレビ番組でたまたま目にした桜花の映像に衝撃を受けて……」

電話の向こうで美千代は言った。それは、米軍の艦上機に据えられたカメラ（ガンカメラ。機銃発射に連動して撮影する、戦果確認用のムービーカメラ）が捉えた一分四十五秒のカラー映像の

ことだった。

雲海を飛ぶ日本海軍の中型双発機の編隊が映し出される。ダークグリーンの機体の主翼には、鮮やかに描かれた日の丸が見てとれる。日本機の動きは鈍重でスピードは遅く、米軍機は、上から、下から、あるいは正面から、執拗に攻撃を加え続ける。双発機の胴体の下には、小さな翼がついた爆弾のようなものが見える。桜花を吊り下げているのだ。

日本機も必死の応戦をしていて、機体後部や背面の銃座から、機銃弾がオレンジ色の火線をひいて米軍機のほうへ飛んでくるのがわかる。だが、飛行機の運動性能の差はいかんともしがたく、機敏な米軍機が撃った機銃弾は次々と吸い込まれるように日本機に命中する。日本機は一機、二機と煙や火焔を吐き、最後は後方の至近距離から撃たれた一機の右主翼が折れて吹き飛ぶところで、フィルムは終わる。

一九五八年生まれだという美千代は、これまで戦争は遠い昔の出来事と思っていた。ところが、この映像を見たことがきっかけで、大勢の若者たちの命を無惨に奪った「人間爆弾」を発案した男の家族が沈黙していては亡くなった人たちに申し訳ないと思い、悩んだ末に私に連絡した……との話だった。

「義父は『横山道雄《よこやまみちお》』という偽名を名乗っていました。義父には戸籍がなく、義母とは正式に籍は入れられないままでした。うちは互いにあまり干渉しない家族で、なぜ戸籍がなかったの

か、深く詮索したこともなく、私にはよくわかりません。『大屋』というのは義母方の姓なんです。私は大屋の家にお嫁に来て義父母と一緒に暮らすようになったんですが、家族のなかでもいちばん仲良しだったのが義父でした。十二年間一緒に暮らして、いつも晩酌のお供をしていましたし、亡くなる前には何ヵ月か介護もしました」

美千代は、義父のこと、義父が発案したとされる桜花のことをもっとよく知りたい、さらにはこんな人間が、戦後も人知れず生きていたことを広く知ってほしいと言う。興味を抱いた私は、大阪に大屋家を訪ねることにした。

大田正一の息子

大屋隆司の家は大阪市の北東部、吹田《すいた》市に隣接する東淀川区にある。

間口が狭く南北に長い約三〇坪の敷地のうち、生活道路に面した北半分は隆司が社会人になってから工務店に依頼して建てた二階建て住宅で、その裏の、児童公園に面した南半分には隆司の父・大田正一が自らの手で建てたという白壁の二階建てが棟を接している。そのため、住宅地の道路側、すなわち表側から見るとごくふつうの一軒家だが、裏にまわって児童公園側から見ると、いかにも素人普請の武骨な外観である。いまは「表」の家に隆司と美千代が、「裏」

の家に母・義子が暮らしているという。隆司は、電気工事の仕事を生業にしている。

美千代が言う「大田正一」ははたして本物なのかどうか、一抹の疑念をぬぐい切れないまま訪問した私に、

「これが父です」

と、隆司は、本人のものだという一枚の写真を見せた。

戦後、就職のために撮られたという正面を向いたバストアップの写真。太い眉、するどい眼光は、戦時中に撮られた写真で知る大田正一とまぎれもなく同一人物のように思える。私は思わず息を呑んだ。

「父は結局、名前も本籍も生年月日も経歴もでたらめな就職用の履歴書と何枚かの写真、自分の病気を調べたときひそかに読んでいたと思われる『家庭の医学』（主婦の友社）の本、あとは何着かの洋服以外、遺品らしい遺品はなにひとつ残しませんでした」

と、隆司は静かに語り始めた。その風貌は、写真で見る若い頃の大田正一に驚くほどそっくりである。ただ、口調にはやや戸惑いが感じられた。のちに美千代が打ち明けてくれたのだが、私と接触するにあたって隆司に事前の相談はせず、了解もとっていなかった。

父が亡くなって二十年、隆司とすれば、長年触れてこなかった「秘めごと」をいまさら他人に話すことに躊躇《ためらい》があったとしても不思議ではない。それでも美千代に促されて、隆司は言葉

を継いだ。

「もうだいぶ昔のことですから、思い出はどうしても、断片的にしか出てこないんですが……。父は戸籍がないので定職につけず、仕事を転々としていて、ぼくが社会人になるまでは母が工場に勤めて家計を支えていました。母は辛抱強く、けっして愚痴を言わず、なんでもコツコツとやるタイプの人なんです。父は体は丈夫で働く意欲もあるんですが、勤め先で身元を証明する書類を求められたら、住民票を提出することができないので辞めざるを得なかったんでしょうね。ぼくが知っているだけで二十以上の職を転々としました。ただ、仕事を辞めても翌日にはもう次の仕事を見つけてきましたから、世渡りはうまかったんやろうと思います。弁舌が巧みというか、人の懐にスッと入っていくようなところがあって……」

大田が一九八二年に書いたと思われる就職用の「履歴書」には、

〈氏名：横山道雄（よこやま　みちお）
大正十一年十二月十一日生（五十九歳）
本籍　北海道
学歴　昭和十三年三月　名古屋市中京商業三年中退（海軍航空兵入隊のため）
得意な学科　珠算

趣味　魚釣り〉

などと書かれている。

戦争が終わって七年後、一九五二年に生まれた隆司の記憶に残る父は、「大田正一」ではなく「横山道雄」だった。隆司が小学校に上がる頃、東淀川区に越してくるまでは、一家は浪速区日本橋の電気街の裏通りにあった一間《ひとま》の長屋に暮らしていた。戦争末期の空襲で焼け野原になった一帯にやがて人が住み始め、当時は粗末なバラックや長屋が立ち並んでいた。現在、その場所は二四六六平方メートル（約七四六坪）の敷地に一〇階建ての病棟がそびえる総合病院の愛染橋《あいぜんばし》病院になっている。

隆司は父に手を引かれて陸上自衛隊の戦車が日本橋の大通り（堺筋）を行進するのを見たり、街頭に置かれた白黒テレビで力道山《りきどうざん》のプロレス中継を観戦したり、豆腐屋が開店準備をしているような朝早い時間、通天閣を右に望みながら天王寺動物園まで散歩したのを憶えている。優しく子煩悩で、子供をめったに叱らず、手を上げることもしない父だった。

「毎朝、早《はよ》うに天王寺動物園の周りをぐるっと散歩がてら一周して。柵だけやからけっこう園内の動物が見れるんですよね。父はよく通天閣の横のパチンコ屋に通っていました。ぼくも連れていかれることがあって、パチンコのあとジャンジャン横丁の串カツ屋で父と食べた、串カ

ツと四角くカットされたキャベツが妙においしかったのが印象に残っています。串カツはいまのとちがって厚い衣がついていて、当時すでに『ソースの二度漬け禁止』のルールがありましたね。あと日本橋での思い出は、共用で使わせてもらっていた家主さん宅のトイレが暗くて臭くて怖かったことと、風呂は一家そろって銭湯に通っていたことぐらいでしょうか……。兄弟は三人とも、経済的な理由で幼稚園には行きませんでした」

日本橋から東淀川区に引っ越す際、父はどこからか建築資材を手に入れてきて、自分の手でトタン屋根の小さなバラックの住まいを建てた。そしてその後もブロックを積み、セメントをこね、柱を立て、壁を塗り、コツコツと改修、増築を重ねて、ついには地下室を備えた二階建ての家を完成させた。地下室をつくるときには、中学生になっていた隆司も父の穴掘り作業を手伝った。小さな白い要塞のようにも見えるこの家から、隆司は地元の公立小学校、中学校に通った。

母・義子も二人の弟も、一家は皆、横山姓を名乗ってきた。隆司は、父が「横山道雄」で、自分の名前が「横山隆司」であることになんの疑問も持たずに育った。

ところが高校進学を間近に控えた中学三年生のある日、母の義子から、

「これがお父さんのほんとうの名前なんやて」

と、一通の便箋を手渡された。そこには母の手跡で、

〈海軍特務少尉　大田正一〉

と書かれていた。

母が言うには、これまで子供たちには内緒にしてきたが、父には戸籍がないのだという。そのために戸籍上、隆司には父親がおらず、大屋義子の私生児となっている。住民登録も義子が世帯主で、隆司の名前は母方の姓である「大屋隆司」と記されていた。

義務教育である中学校までは横山姓のままでも通用したし、小中学校の卒業証書に記された名前も「横山隆司」だったが、いざ高校に上がる段になると、戸籍とも住民登録とも違う横山姓のままでは手続き上具合が悪い。それで、母が父に、なんとか戸籍を回復してほしいと頼んだところ、初めて自分の本名を打ち明けた、ということのようであった。

そのとき父は、ときどき買って読んでいた軍事雑誌「丸」をひっぱり出してきて「人間爆弾・桜花」の記事を母に示した。そこに書かれた「大田正一特務少尉」の名を指し、

「これがわしなんや」

と明かしたという。記事には、人間を誘導装置として使う「桜花」を、大田正一なる人物が考案したとあった。

青天の霹靂《へきれき》ともいえる母の告白に、隆司は驚いた。それは、気が動転するというよりもじわじわと心の奥底に響いてくるような、静かな衝撃だった。

いつも側にいるにもかかわらず、「横山道雄」という男は実在していなかった。いままで一緒に暮らし、育ててくれた父は、じつは「大田正一」という初めて聞く名の別人だった。のみならず、十五年間「横山隆司」として育ってきた自分の名前さえ架空のものであったのだ。「人間爆弾」をつくったという父はいったい何者なのか。血を分けた息子でありながら、戸籍から親子関係を証明するすべもない自分は誰なのか――。

たしかに父は、隆司が小さいときから、晩酌のたびに軍隊時代の話を、家族の誰もが辟易するほどに語っていた。

「戦前にアメリカに渡ってハリウッドを見た」

「飛行機に乗ってな、軍艦のカタパルト（射出装置）でポーンッて打ち出されんねん」

「舞鶴におったことがある。栗田湾《くんだわん》はええとこや」

「『南京大虐殺』は中国のでっち上げや」

「中国の重慶《じゅうけい》にも行った、ラバウルにも行った」

「山本五十六《やまもといそろく》連合艦隊司令長官が戦死したのはわしのせいや」

……どこまでがほんとうで、どこからがホラ話なのかわからない。「トントンツーツー」と、なぜかモールス信号を口ずさむこともしばしばだった。

酔いがまわると饒舌になり、同じような話の繰り返しになる。

「また始まった」

と、家族の誰もが相手にしない。だが、これまで父の口から桜花の名を聞いた記憶はただの一度もない。この父が、残酷きわまりない自爆兵器を発案したのだとはにわかに信じられなかった。

「そんないきさつがあって、ぼくは高校から『大屋』姓に変えました。ほんとうは普通科に行きたかったんですが、『電気の道に進めば食いっぱぐれがないから』という父の強い勧めにしたがって淀川工業高校に進みました」

高校には中学までの同級生がいなかったので、姓を変えるのに好都合だった。弟二人も、それぞれ高校に上がるタイミングで姓を大屋に変えた。ただ、学校では大屋だったが、家の近所では家族みんなが表向き横山姓のままで通していた。

高校に進んだ頃から隆司は、阪急電車に乗って約十五分、大阪・梅田の紀伊國屋書店に通っては戦争関連の本を読みあさるようになった。

一九六〇年代は、「零戦」や「戦艦大和」が漫画週刊誌の表紙を飾ったり、太平洋戦争の特集が組まれることもしばしばだった。隆司も、中学生の頃はそんな雑誌を読んだり、ちょうど流行《はや》り始めたプラモデルをつくったりして、戦闘機や軍艦には「カッコいいもの」としての憧れを抱いてきた。

「でも、父が桜花を発案したと知ってからは、それとは別の感情を覚えるようになりました。零戦のような戦闘機だったら、いかにして高性能を追い求めたかとか、技術的にも誇らしく語れるところはあるんじゃないかと思うんですが、桜花はそれとはまったく違う。父が、爆弾に人を乗せて体当たりさせるなんて恐ろしいことをほんとうに考えついたのだとすれば、その人間性を疑うというか……。そのことはずっと心に引っかかっていて、自分が特攻兵器を発案した男の息子だということが重荷に思えたり、そのことに引け目を感じたり……。大人になって探して読んだ桜花の本に、大田正一の生存説がささやかれているとか、どこで生きているかは謎である、などと書いてあると、ここにおるんやけどな、と思ったこともありましたが、こちらから名乗り出る勇気はありませんでした」

「いまさらほんとうのことは言えんのや」

隆司は工業高校を卒業したのち、母の希望もあって大学進学を決意、三年浪人して立命館大学経済学部に進み、経営学を修めた。

一九七七年に大学を卒業し、小さな商社に就職するが、営業の仕事が性に合わず数ヵ月で退社。次に大阪・心斎橋筋の老舗《しにせ》喫茶店「プランタン」で働きはじめ、二年後には店長に抜擢さ

れる。一階のガラス越しに陳列された「動物パン」とエントランスの螺旋《らせん》階段が人目を引くプランタンの建物は、世界平和記念聖堂（広島）や読売会館（旧そごうデパート、現在ビックカメラ有楽町店が入っている）、日生劇場（東京）など数多くのモダニズム建築を手がけ、文化勲章を受章した村野藤吾《むらのとうご》（一八九一－一九八四）の作品としても知られ、店長の隆司の顔写真入りで「クレエヴォーグ」などの情報誌に取り上げられることもある有名店だった。この店に客として来店した高根美千代と出会い、結婚したのは一九八二年、隆司が三十歳のときのことである。

一九九四年十二月七日に父が亡くなったあと転職を決意。九五年三月にプランタンを辞め、工業高校時代に学んだ知識を生かして電気工事士の資格をとる。

二十年近くも勤めた店を辞めたのは、同じ大阪・ミナミの戎橋《えびすばし》近くにあったもう一つの系列店の店長も掛け持ちするようになり、経営側から課せられる二店舗分の売り上げのノルマや、慢性的に人手不足のアルバイト従業員の補充、シフト管理など、中間管理職としての立場に疲れ切ったからだった。本社の営業部長への昇進の打診を断っての転職だったという。

そして、これまでの仕事とはまったく畑違いの電気工事の仕事を請け負いながら勉強を続け、二年がかりで電気主任技術者の国家資格を取得した。

「はからずも『電気の道に進めば食いっぱぐれがない』という高校進学時の父の言葉どおり、四十代にして電気を扱う仕事で生計を立てることになりました」

と、隆司は言う。

「最初に就職した電気設備会社は二年後に倒産しましたが、国家資格をとっていたおかげですぐに次の会社に入ることができました。数年前に独立して、いまは住宅展示場やイベント会場、大型商業施設の電気まわりの工事を主にやっています」

幸い仕事は途切れることなく、地方へ長期間出張することも多い日々の忙しさに紛れて、父のこともしだいに記憶の底に沈んでいった。

「父が家出をして南紀白浜で自殺を図り、末期の前立腺がんとわかってから亡くなるまでの半年間が、精神的にも経済的にも手続きの上でもあまりに辛く大変だったので、『忘れたい』という気持ちのほうが強かった。なにしろ、亡くなる何ヵ月か前に、戸籍を回復しようと昔のことを父に問いただすまで、ほんとうの年齢すら知らなかったんですから……。

いま、父の思い出を人に話そうとしても、なかなか考えがまとまらない、言葉が見つからない。桜花で戦死された方々のご遺族の心情を想像すると、そんな兵器を考え出した父が戦後も生き延びたことについて、批判されても仕方がないと思いますし、申し訳ないという気持ちもありますし……」

精神的な重荷を別にすれば、父・大田正一が遺したものはあまりにも少ない。大田については息子の隆司でさえわからないことが多い。むしろ、表面的なこと以外はなにも知らないとい

っても過言ではない。大田が亡くなったあとに遺品を整理してみると、ときどき買って読んでいたはずの戦争に関する本や雑誌も、まめに切り抜いて保存していた新聞記事のスクラップブックも、がんで入院する前までにいつのまにか全部自分で処分してしまっていたらしく、隆司が父の思いを推し量る手がかりは、少なくとも家のなかには残っていなかった。

大正、昭和、平成と、八十二年にもわたって確かに存在し、歴史の一部分にその名が刻まれているにもかかわらず、その生きた証《あかし》がほぼ見当たらない。

「なぜお父さんは、これほどまでに自らの痕跡を消そうとしたんでしょうか」

という私の問いに、隆司はしばし考えたのち、

「そういえば、亡くなる三ヵ月前、淀川キリスト教病院から日本バプテスト病院に転院した頃のことです。父がポツリとこんなことを言いました」

と前置きして、そのときの大田の言葉を口にした。

「いまさらわしがほんとうのことは言えんのや。国の上のほうで困るやつがおるからな……」

第二章 父親探しの旅

◉大屋隆司（右）と美千代。2014年、筆者が初めて訪問した際、父・大田正一がつくった家の前で

「名前を失くした父」

大屋隆司・美千代夫妻に、「大田正一の家族」であることを明かされた私は、これまで取材などで出会った旧海軍の関係者の顔を思い浮かべた。

二〇一四年の時点ではすでに多くの関係者が亡くなっていたが、幸い、生前の大田をよく知る何人かの人物をインタビューしたことがある。支那事変の空の戦いについて取材した稲田正二・元中尉は、一九三八年（昭和十三）から三九年にかけ、中国に配備された第十三航空隊で大田と同じ陸上攻撃機の搭乗員だった。稲田は「終戦から数年後、常磐線の列車内で大田と偶然再会し、新橋駅西口の闇市に連れて行った」という。

しかし、桜花部隊である第七二一海軍航空隊（神雷部隊）に関しては、それまで約二十年のあいだに慰霊祭や戦友会に何度も参加して、元隊員に話を聞く機会があったにもかかわらず、こと大田に関する証言は断片的にしかとれていなかった。神雷部隊の元隊員に「大田正一の話を」と問うと、ほとんどの人が困惑の色を浮かべ、あるいは不機嫌な表情になり、ふだん闊達《かったつ》な人でも言葉を濁したり、沈黙したり、話題をそらせたりした。

桜花隊の分隊長だった平野晃《ひらのあきら》・元大尉（二〇〇九年十二月没）は、かつて私にこう言った。

「私は神之池基地の近くの高松小学校に起居していたので、そこに整備員から報告がありました。大田中尉は自室の机に遺書を残し、自分で零式練習戦闘機を操縦して海のほうへ飛んで行ったと。覚悟の自決飛行であることは明らかだと思いました」

しかし、私が、大田は死にきれずに生きていたのではないかと水を向けると、口を真一文字に結んで黙ってしまった。同じく分隊長だった新庄浩・元大尉（二〇一三年三月没）は、

「生きているとは噂に聞いたけど、詳しいことは知らない」

と言ったきり、その後は大田に関する話題をいっさい受け付けなかった。大田の話は、当事者にとって忌避すべきものであり、まるで触れてはいけないタブーになっているかのようだった。

そのことを強く感じたのが、二〇一四年九月、元桜花搭乗員も参加して東京・九段の靖国神社で行われた元零戦パイロットの集い「ＮＰＯ法人零戦の会」慰霊祭に大屋美千代が、

「ぜひ参加して皆さんとお会いしたい」

と参列したときである。このとき私も同席したが、仕事が多忙な隆司を大阪に残して、美千代は一人で東京に出てきた。

「ひと言、ご挨拶をさせてください」

と、約八〇名の列席者の前に進み出た美千代は、自分は大田正一の家族であること、大田が

一九九四年まで生きていたことを明かし、義父が発案した桜花で多くの若者が命を失ったことを詫びた。ほとんどの参加者は美千代の言葉をあたたかく受け入れたが、なかには顔をしかめて不快感を露わにした人たちがいた。一九二八年（昭和三）十月生まれ、終戦時十六歳の最年少桜花搭乗員だった浅野《あさの》昭典《あきのり》もその一人だ。旧知の私に向かって、浅野は苦々しげに言った。

「大勢の仲間が桜花で死んだ。私も死ぬはずだった。いまごろ家族が来て謝るぐらいなら、本人が生きてるうちに戦友会に出て詫びればよかったんだ。逃げ回って一度も戦友会に出てこなかったのに、いまさら『大田の家族です』って挨拶されても返事のしようがない」


大田正一の実像に迫るにはどうすればいいのか。私は、慰霊祭に参列していたNHK福岡放送局のディレクター・久保田瞳に声をかけた。久保田は美千代の言葉に共感を覚えたという。久保田とは、彼女が自らの体験をもとに制作したドキュメンタリー番組「おじいちゃんと鉄砲玉」（二〇一一年）の取材に協力したことがきっかけで知り合った。

二〇一〇年七月、久保田の祖父・北島源六（享年九十）が亡くなり、荼毘《だび》に付すと、頭蓋骨にめりこんでいた弾丸の破片が見つかった。生前、戦争体験をほとんど語らなかった祖父が、唯一、孫の久保田に話していたのが、開戦直後の一九四一年十二月十日、マレー沖海戦で一式陸上攻撃機に搭乗し、イギリスの最新戦艦「プリンス・オブ・ウェールズ」と巡洋戦艦「レパ

ルス」を撃沈したことだった。祖父は、このとき被弾したのだろうか。真相を知っているのだろうか、なぜか祖母の口は重い……。久保田は、生前祖父の元に届いていた手紙を手掛かりに戦友を訪ね歩き、やがて祖父が心に秘めていた「必ず妻のもとに帰ってくる」という思いを知ることになる。

久保田が体当たりで制作したドキュメンタリーは、二〇一一年五月二日、「ドキュメント20min.」の二十分番組として放送されるや、孫が祖父の秘密をたどってゆく出色の映像作品として注目を集め、九月四日には五十九分の拡大版が「ETV特集」枠で放送された。

私は長年の友人であるNHKの考証担当シニアディレクター・大森洋平からの依頼を通じてこの番組の制作を手伝い、久保田の誠実な取材姿勢と取材力に感銘を受けていた。久保田が「おじいちゃんと鉄砲玉」で祖父の戦友を訪ね歩いたように、大屋隆司・美千代夫妻の「父親探し」の旅をドキュメンタリーにできないだろうか。

久保田の祖父・北島源六は、七人一組で搭乗する一式陸上攻撃機の偵察員(偵察、航法、無線、爆撃などを担当する)だった。後に詳述するが、大田正一も一式陸攻のベテラン偵察員だったから、もしかするとどこかで大田とすれ違っているかもしれない。

幸いにも久保田の番組提案に局がゴーサインを出し、久保田と私たちの取材が始まる。桜花搭乗員の生き残りなど関係者への取材を重ね、ETV特集「名前を失くした父〜人間爆弾〝桜

花〟発案者の素顔」として、二〇一六年三月十九日、放送にこぎつけた。

この番組の制作を通じて、二〇一五年夏、六十三歳にしてようやく実現した大屋隆司の「父親探し」の旅が始まった。

「最低の人間や」

隆司と美千代は、愛媛県今治《いまばり》市の高齢者施設に入居している佐伯（旧姓・味口《みぐち》）正明・元上等飛行兵曹を訪ねた。佐伯は一九四五年一月十七日、桜花の練習機での訓練で着陸に失敗、顔面と頭部を三六針縫う瀕死の重傷を負い、そのために出撃することなく神之池基地で終戦を迎えた。終戦時、十九歳。

「大嫌いでしたね」

挨拶もそこそこに佐伯は言った。

「神之池でしょっちゅう会ったけど、直接話をしたということはまずなかった。大田少尉のことは、極端に言うたら（われわれの間では）ボロクソやった。最低の人間や。あいつがこういうことを発明したから俺たちは死なないといかん、そう思う者がかなりおったはずです」

やはり、父は快く思われていなかったのか――隆司はこれまでにも、本や雑誌で大田正一に

対する批判的な記述を目にしたことはあったが、じっさいに桜花で死ぬはずだった当事者から、面と向かって悪感情を突きつけられたのは初めてだった。

戦争が終わって七〇年が経ち、年齢を重ねた佐伯の記憶は不確かになったり、後から上書きされた感情や、付け加えられた知識も入り混じっているのだろうが、佐伯は次のように言葉を継いだ。

「じつはこんど、人間爆弾の桜花というのを海軍省が作ったんで、そのパイロットになって『敵艦に命中せい』っていうんですよ。自殺ですよね。桜花は爆弾の形しとるでしょ。だから（着陸するための）車輪がないし、練習機には橇《そり》をつけた。それで（訓練中に着陸に失敗し）ジャンプしてね、ほんで私、ケガしたから生き残れたんや」

佐伯は神雷部隊の戦友と四人で写った写真を指して、「私を除いて三人とも戦死しました。私だけが生き残ったわけやからね。みなさんに説明するとき涙が止《や》みません」と言い、さらにこう言った。

「終戦のとき、大田さんへの非難の声もさかんに耳に入ってきました。あんたが桜花というものを上へ、生産をやれと申告しただろうが、ということでね、だいぶひどい目に遭《お》うたようです。殺されてもおかしくなかったでしょうけどね。それで本人も、『これでは生きておれん』という気持ちになったんやろうと思います」

終戦の三日後、佐伯は大田が零式練習戦闘機を操縦し、神之池基地を飛び立つのを目撃したという。

「あの人は操縦員じゃない、偵察員やから見よう見まねでね。神之池の滑走路をヨロヨロしながら、ちょうどボロの古いミシンでね、布を縫うように上がっていくでしょう。車輪を出したまま南東の方角に向かって、そのうちに飛行機の姿が一つの点になって見えなくなった。どこかで死のうと思ったんでしょうね。私らも、あっちへ飛んで行ったんなら太平洋に墜《お》ちるしかないと話してたんです」


佐伯は隆司に、現在の自分自身の気持ちとしては大田正一への恨みはないと語り、

「大田さんも、飛んで行ったまま海上に不時着して、もし近くに漁船がいなかったら生きておられんかったでしょう。だからまあ、お天道様《てんとうさま》が生かしてくれたんじゃから。戦争が終わって生き残った以上、こんどは頭を切り替えて自分が生きる方法を考えなきゃならん。自分の生活が大事になるのはあたりまえのことなんで……。私も、復員になって今治に帰ったら空襲で家が丸焼けになっていて、これをどうやって建て直そうかということで頭がいっぱいで、そやからいままで大田さんのことは忘れていました。

桜花はあくまで七十年前のことで、今日こうしてあなたとお会いしても、べつに『あの大田

の息子か』なんていう（恨む）気持ちはもうまったく頭にありません。済んだことは済んだことやしね、家族の人にはなにも罪はないんですよ」

と、つとめて隆司を傷つけまいとする気遣いを見せた。だが、言葉のはしばしに大田への反感はにじみ出てくる。

「おそらく復員した連中のなかには、大田さんを憎む立場の人もおったんでしょう。（死にそこねて戦後）逃げ回ってたというのは、それが心の底にあったんでしょうね。お父さんの頭のなかには、死んで目をつぶるまであったと思う、『お前がくだらんものを発明しやがって』という批判がね……」

ストレートで容赦ない佐伯の言葉は、隆司の胸をするどくえぐった。大田自身が出撃することのないまま生き残ったことを赦《ゆる》さない元隊員もいる。あらかじめ覚悟はしていたが、やはり面と向かって「大嫌いでしたね」「最低の人間や」と言われるのは、大田の息子として心が折れそうになるほどつらいことだった。

今治から大阪へ帰る道すがら、夕暮れのしまなみ海道を走るワゴンタクシーの車内で、隆司はひと言も発せず、沈み切った様子でただ窓の外を見つめていた。美千代は、そんな隆司にかける言葉もなかった。

植木忠治の証言

大屋夫妻は、もう一人、桜花搭乗員を訪ねた。東京都町田市在住、九七式艦上攻撃機の操縦員から桜花搭乗員となった九十一歳の植木忠治《うえきちゅうじ》・元一飛曹である。

隆司がのちに私に語ったところによると、自宅で出迎えた植木は、隆司の顔を見るなり「お父さんに似ておられる」と言って顔をほころばせた。柔らかく包み込むような植木の雰囲気に、厳しい反応を覚悟して臨んだ隆司と美千代は安堵したという。

「昭和十九年八月、私は姫路で飛行練習生を教えていたのですが、そのとき、戦況を挽回する新兵器ができたという話があった。それに乗るにはだいたい飛行時間五〇〇時間から一〇〇〇時間ぐらいの搭乗員を募集してるんだと。まあ、志願ということだけども、ほとんど（強制的に）行けということなんですよね。それで、姫路の航空隊からは私を入れて七人が選ばれた。私は十二月に桜花の訓練基地だった神之池に行ったです」

植木は、記憶の糸を手繰るように語り始めた。

「それは、はじめて桜花を見たときはガッカリしたよ。自分のガン箱《ばこ》（棺桶）がこんなもんかと。ほんとだったらエンジンのついた飛行機で行きたいと、最初は思った。だけどそれじゃ、

爆弾が小さくてたいした効果は上がらない。零戦に爆弾を積んでぶつかっても敵艦はなかなか沈みませんからね。爆薬の量が多い桜花なら、命中すれば敵艦を真っ二つにすることができる。どうせ死ぬならでかいのをやりたいから、のちに桜花の出撃が失敗に終わったために零戦で出撃する志願者が募られたときも、みんなが『あくまで桜花で死にたい』と言うようになったんです。

私はあとから神之池に来た若い搭乗員に〝死に方〟（桜花の操縦法のこと）を教えていて、大田さんも指揮所で一緒にいました。大田さんは兵隊あがりだけども特務士官だからテントのなかで肘掛け付きの折椅子に座り、私ら下士官は外で木の長椅子です。でも大田さんは、隊内での役割はなにもない。ふだんやることはなにもないの。基地のなかでは大事にされてたんじゃないですかね……。桜花の改良型をつくるのに、横須賀の空技廠《くうぎしょう》（海軍航空技術廠《かいぐんこうくうぎじゅつしょう》。工場を備え、航空機の開発、設計などを担当する研究機関）と行ったり来たりはしてたようですが。

そういえば神之池基地で、敵の艦上機の空襲がはじまった昭和二十年（一九四五）二月頃、飛行場に突っ込んでくる敵機に火薬ロケットを使って投網《とあみ》をかける仕掛けをつくったことがありました。いま思えばあれも大田さんが考えたんだろうと思う。ボタンを押すとロケットに点火して、網がバーッと上まで飛んで、それで機銃掃射してくる敵機を引っかけるという……」

植木は、大田にまつわる印象的なエピソードを語った。猛訓練を重ねながら、刻々と迫りくる「死」を前に、隊員たちの心がしだいに荒《すさ》み、殺気立ってきた一九四五年一月のことである。

「桜花隊でね、騒動が起きちゃったの。要するにね、士官と下士官の騒動が起きただよ。下士官がみんな白鉢巻きをして士官室に殴り込みをかけた。抜刀してね、それで士官のもとに押しかけたときに大田さんが出てきて、『俺を斬《き》ってからいけ！』……それで下士官は引き揚げただよ。わかるかね？　だから大田さんは、これ（桜花）に乗って行った連中の気持ちも十分承知してたんだよ」

植木の言う「騒動」は、一月八日に起きた。私がかつて神雷部隊の複数の関係者から聞きとったところでは、この日は月曜日だったが、夕方から神之池基地に東宝の慰問演芸隊がやってきた。演目は大辻司郎《おおつじしろう》の漫談や、女優・轟夕起子《とどろきゆきこ》、三国瑛子《みくにえいこ》らの歌、寸劇などで、隊員たちは楽しいひとときを過ごしたという。

ところが公演終了後、「士官が退場してから退場せよ」との指示を無視して先に退場した下士官を士官が殴ったことをきっかけに、日頃から積もり積もった下士官兵たちの鬱憤に火がついた。

イギリス海軍を範とした日本海軍では、士官と下士官兵のあいだには、貴族と労働者階級にも擬せられるほど苛烈な待遇差がある。住む宿舎もちがえば食事もちがう。同じ飛行機に搭乗

する者同士でさえ、名字と階級だけで下の名前を知らないことが多いほど、日頃から互いに疎遠である。

部下を大切にし、下士官兵に対し偉ぶらずに接する士官もいるにはいたが、大学や専門学校を経て一九四三年秋に海軍に入ったばかりの予備士官のなかには、階級をかさにきて経験豊富な下士官に横柄な態度をとったり、飛行場の立ち入り禁止区域に勝手に入って写真を撮るなど、顰蹙《ひんしゅく》を買う行動をとる者も少なくなかった。

「海軍に入ったとき、『下士官兵を人と思うべからず』と教えられた」

と私に語った元予備士官もいたから、これは海軍の速成士官教育の欠陥だったのだろう。

そしてこの晩、ついに堪忍袋の緒が切れた下士官兵たちが、手に手に棒やビール瓶を持ち、日本刀まで持ち出して士官宿舎を襲撃したのだ。士官たちの個室のガラスが次々と音を立てて叩き割られる。驚いて出てきた予備士官と下士官兵の二百名ほどが宿舎の前でにらみ合い、一部では乱闘も起きた。そこへ大田が飛んできて、号令台に上がるやいなや大音声《だいおんじょう》で、

「下士官退《ひ》け！　上官抵抗は銃殺だぞ、知っているのか！」

と怒鳴り、

「こういう兵器を発案した俺が悪かった。やるならまず俺を殺してからやれ！」

と、体を張って止めに入った。大田の剣幕に、いきり立っていた下士官たちもわれに返り、

それをしおに騒動はおさまった。襲撃した下士官のうち、主犯格の二名がのちに軍法会議にかけられ、うち一名が有罪となって横須賀市大津の海軍刑務所に収監された。

「それはそのときの血気《けっき》っていうのはすごかったね。（止めに入ったのが）大田さんでなければえらいことだったでしょうね。大田さんは兵隊から叩き上げた特務士官で、われわれ下士官にとっては親玉みたいなもんだから、そらもう大田さんの言うことならなんでも『はあ』って聞いてましたよ」

と、植木は隆司に語った。

「大田さんは戦争に一生懸命だったと思うんです。攻撃に行っても墜《お》とされる、いくら魚雷を撃っても当たらない。そんな実戦経験での悔しさから、大田さんはこれなら戦果を挙げられると桜花を考案したかもしれないけども……」

大田は上層部に利用されたにすぎないのではないか、と植木はみている。

「飛行機も少なくなってきた、燃料もなくなってきた。どうやって戦《いくさ》をするか、もう特攻しかない、というときに、兵隊上がりの人が考えたことにすれば、上のほうは楽なんです。上層部で先にこういうもの（桜花）をつくっちゃって、乗れ、飛んでいけ、と言ったら、いくら軍国主義でもね、問題になると思う。

これ、私の主観ですよ。俺なんかだって、上の参謀かなんかが桜花をつくって、これで死ん

でけって言われたら文句あるよ。だから大田さんが発案したことにしとけば、実戦をやってきた人のひとつの考案だったということにすれば、そんなに問題にならない。それをうまく利用された感じがするの」

植木もまた、一九四五年八月十八日、大田が一人で練習機を操縦し、神之池基地を飛び立つ姿を見送っている。離陸した大田は旋回もせず、そのまま鹿島灘の沖へ消えていった。ところが戦後まもなく、死んだはずの大田とバッタリ出会ったのだという。

「昭和二十二年（一九四七）の春、戦争中にお世話になった下宿の人にご挨拶するために佐原から神之池に行くバスに乗ったら、目の前に大田さんがいるじゃない。亡くなったと思ってたからびっくりしたよ。そのとき大田さんは軍服を着ておられたですよ、戦争中に着ていたのと同じ草色の第三種軍装。顔に怪我されていて、ああ、飛び立ったあと海に不時着水して、計器板に額をぶつけたんだな、と思ったんだけど。

向こうから気づいて、『よお！』と言って私の隣に座ってきました。いまなにしておられるんですか？　と訊いたら、牛を飼ってるんだ、（茨城県の）石岡で牧場をやってるんだ、と。『牛っていうのはすごい。草を食ってあれだけの牛乳を出すんだから』……食糧難でしたからね、その当時は。三十分か四十分でしたが、そんな話をいろいろしました」

植木と大田の戦後の接点はこのときだけだった。神雷部隊の生き残りは毎年春分の日に靖国神社に集い、慰霊昇殿参拝を行っている。あるとき、大田を探しにきた家族とおぼしき女性と子供が参列したことがあったが、大田本人はついに一度も姿を現さなかったという。

「昭和四十年（一九六五）に近い頃でしょうか、靖国神社で北海道の人が、『大田さんが生きてる』という話をしたですよ。（戦後まもない時分に）札幌の道庁で会ったらしい。それでそのときに『私も会いましたよ』って言ったら、桜花隊の分隊長だった平野晃大尉、のちの昭和五十一年に航空自衛隊トップの航空幕僚長になられた人ですが、『その話は伏せてくれ』と言われたですね。『ご家族にも殉職として措置がしてある。生きているとなったらご家族にも迷惑がかかるから、君たちはとにかくこのことは伏せてくれ』と、こういう話でしてね」

それ以来、「大田が生きている」ということは、桜花隊関係者の間では、知っていても触れてはいけない雰囲気になったようである。

隆司は植木に、

「戦後、父は自分で名乗り出ることはできなかったんでしょうか」と問いかけた。

「それはなあ……。生き延びたってことは、それはきついぜ、精神的に。死にに行ったのに、途中で（漁船に）助けられて生きる世界というのは、こりゃあ非常に苦しい。だからね、世間の批評は別として、その後も強く生きられたのは立派だと思うんです。

（一九四五年）八月十五日までは神様ですよ、私たちは。八月十六日以降はチンピラですよ。故郷に帰ってみたら、みんな就職に困っちゃった。特攻隊員だったような、そんな危ない者は雇えないって……。だから戦後はみんな苦労したですよ」

と植木は答えた。直接の答えにはなっていないが、「生き残った負い目」と「戦後の苦労」が名乗り出ることを拒ませた、と言いたかったのだろう。

「だから今日あなたにお会いしたらね、これだけは言っておきたいと思っていたのは、お父さんのことを誇りに思ってほしい。批判する人もいるかもしれん。しかしそういう世の中の圧力に負けないでほしい。生きるってことはすばらしいことだ。苦労はあるけど、私だって二十歳で死ぬところをこうやって九十いくつまで生きてくると、生きてることのすばらしさを感じるよ。みんながみんな、大田さんを恨んでるなんてことは絶対にない。その気持ちをあなたに伝えようと思って、今日は楽しみにしてたの」

植木は、持病で入院する予定を先延ばししてまで隆司が訪ねてくるのを待っていたのだという。別れぎわ、植木は隆司の目をじっと見つめて、

「とにかく強く生きてくださいよ」

と言った。桜花を発案した父は隊員たちみんなから恨まれているのではないか――そんな不安が心地よく溶けてゆくような、あたたかい言葉だった。

奇しき縁

佐伯正明の言葉にショックを受け、植木忠治の言葉に救われ、改めて父の背負った業の深さに向き合った隆司は、二〇一六年三月十九日、NHK－Eテレで「名前を失くした父」が放送されることを、近所の人たちにほとんど知らせなかった。だが、土曜日の午後十一時からという遅い時間の放送だったにもかかわらず、放送後、意外に多くの人から「見たよ」と声をかけられた。なかには感動を伝えたり、「大変やったね」と、ねぎらいの言葉をかけてくれる人もいた。

隆司が暮らす阪急相川駅近辺は、近所づきあいが濃厚で、昭和の下町の趣がいまも色濃く残っている。番組のことは、本放送を見逃した人たちにも口コミを通じて広まり、翌週、三月二十六日深夜零時からの再放送を見たと言いにくる人も多かったという。

番組放送終了後、しばらく経ってから改めて判明したことがある。

それは、大田正一と、番組ディレクター・久保田瞳の祖父・北島源六が、かつて同じ航空隊で一緒に戦っていたということだ。放送後、久保田が、中国戦線の第十三航空隊（十三空）の

戦闘記録に大田と祖父の名が記されていることに改めて気づいた。そこで私が、防衛省防衛研究所に現存するすべての「十三空戦闘詳報」を精査してみたところ、ただ同じ部隊だったばかりでなく、一九三九年五月三日の第一次重慶空襲をはじめ六回の出撃で、一等航空兵曹（下士官）だった大田が機長兼偵察員をつとめる九六式陸上攻撃機に、一等航空兵（兵）の北島が電信員（偵察員の下で無線を担当する）として同乗していたことがわかった。

大田と北島は、同じ飛行機に搭乗し、まさに生死をともにした仲だったのだ。

敵地上空で対空砲火を浴び、戦闘機の襲撃を受けながら、幾度も死線をくぐり抜けた戦友どうし。その息子と孫とが、番組の制作を通じ、七十五年の歳月を経て、互いにそうとは知らずに巡りあった。奇《く》しき縁というほかない。

第三章

父の履歴書

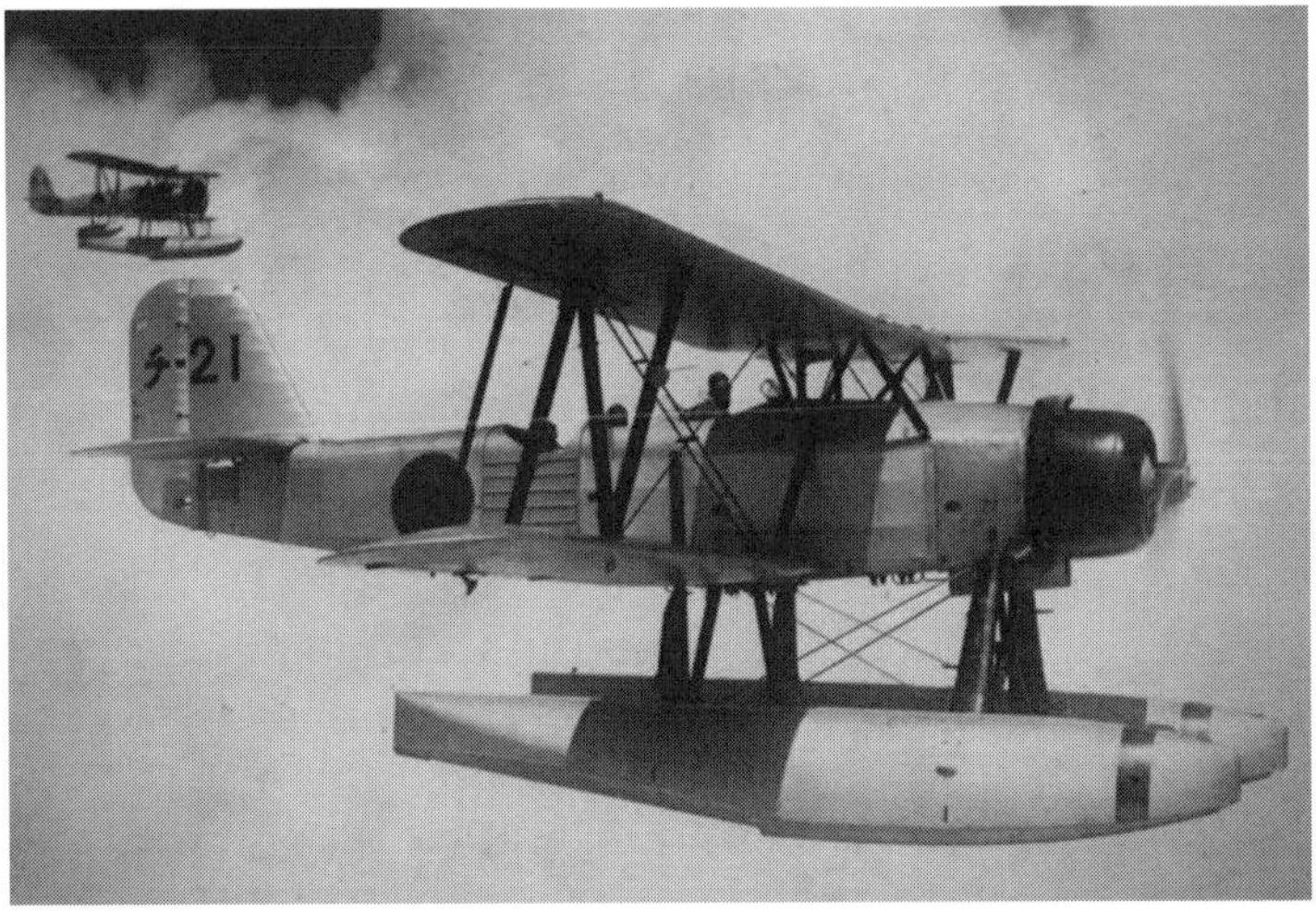

◉大田正一が偵察練習生を卒業後、搭乗した九四式水上偵察機。3人乗りの前から操縦員、偵察員、電信員が乗る

「なにが一発必中だ。そんなものがつくれるか」

元桜花隊員の植木忠治は、必死の特攻兵器を大田が発案したとされていることを「上層部に利用されたのではないか」とみていた。じつは「名前を失くした父」にはもう一人、証言者が登場していた。東京都豊島区に暮らす、桜花を運ぶ一式陸攻の搭乗員だった田浦研一《たのうらけんいち》・元少尉が語る。

「こんな大それた、人間爆弾と呼ばれるような大戦略を（大田が）つくり上げたってそんなことができるわけないですよ。それが（海軍の開発する新兵器として）取り上げられることはないですよ。たかが成り上がりの少尉（兵隊あがりの特務少尉のこと）になにができますか。ぼくは、彼は犠牲者だと思っている。何百人をそれで死なせた責任を負わされてる感じがする。（上層部の人間が）あいつがやったんだ、俺じゃないよ、と……」

田浦は海軍兵学校を卒業した正規将校ではなく、熊本の東洋語学専門学校（現・熊本学園大学）在学中に召集を受け、いわゆる「学徒出陣」で海軍に身を投じた予備士官だ。海軍のエリートコースではない予備士官や、特務士官の少尉や中尉という階級が、「海軍」という組織のなかでいかに無力だったか、身をもって知っていた。

桜花の機体設計を担当した三木忠直《みきただなお》（元技術少佐）が戦後、書き残した『神雷特別攻撃隊』（山王書房）や、技術大尉だった内藤初穂《ないとうはつほ》が三木に取材して書いた『極限の特攻機 桜花』（中公文庫）などの文献に加え、私が、桜花の震動実験に従事した松平精《まつだいらただし》（空技廠技師。戦後は鉄道技術者となり新幹線車両の台車部分の設計にかかわる）から直接聞きとった話をまとめると、大田が「人間爆弾」の試案をもって海軍航空技術廠（空技廠）に現れたときの模様はおおよそ次のようなものだった。

海軍航空技術廠長の和田操《わだみさお》中将から設計課主任・山名正夫《やまなまさお》技術中佐のもとへ、「グライダー爆弾の案を持ってきた者がいる。説明するから廠長室に来い」との電話が入ったのは、一九四四年（昭和十九）七月のことだった。海軍航空技術廠は、横須賀市の追浜《おっぱま》、現在、日産自動車の敷地になっている場所に本廠、横浜市の金沢八景に支廠を置き、二〇〇〇名の職員と三万二〇〇〇名の工員を擁する、海軍の航空機開発、実験をつかさどる組織である。

山名は、新型機の設計を担当する設計課第三班長だった三木忠直技術少佐をともなって、和田中将のもとへ赴いた。三木は東京帝国大学工学部を卒業後、空技廠に入った技術士官で当時

三十四歳。双発の陸上爆撃機「銀河《ぎんが》」の設計主務者として、急降下爆撃、水平爆撃、雷撃（魚雷攻撃）を一機でこなす高性能かつ流麗な機体を生み出したばかりで、その手腕が高く評価されている。

新型機の研究、開発の仕事に多忙をきわめていた三木は、

「どうせまた、すぐには実現困難な案にすぎないだろう」

と考え、あまり気乗りしないまま廠長室に向かった。無人のグライダー爆弾の構想はこれまでにも何度か浮上してきたが、問題はその誘導装置である。無線操縦をはじめ、目標に照射した光線のなかを飛行させるとか、熱線や超短波に感応して自動照準で目標に命中させるなど、さまざまなアイディアが出され、なかには実験室レベルで成功した例もあったが、いずれも実用化にはほど遠いシロモノだった。

廠長室には、和田中将と向かい合って大柄な男が座っている。差し出された名刺には「海軍少尉　大田正一」とあり、右肩のところに「第一〇八一海軍航空隊」とペン書きで添えられていた。

和田中将にうながされて、大田が鉛筆書きの図面を広げる。そこにはプロペラも脚もないグライダー爆弾の姿が描かれ、頭部と尾部からのびた引出線の先には、それぞれ「爆薬」「ロケット」と記されていた。さらに図面の隅には、グライダー爆弾を双発の攻撃機（一式陸攻）の

機体に吊るした図が添えられている。一式陸攻で運び、敵地上空で投下するということのようだった。ここまでは、従来出された案と比べて目新しいものはない。

「それで、誘導装置は？」

やや辟易しながら、三木は訊いた。

「人間を乗せます」

大田は答えた。

「なんだって？」

三木は思わず声を上げた。大田の説明によれば、一式陸攻で敵艦の近くまでグライダー爆弾を運び、人間が乗り込み、投下する。あとは滑空しながら搭乗員が操縦し、ロケットを噴かせて敵機の追撃をかわし、一発必中で敵艦に体当たりする。つまり、人間が誘導装置になるのだという。

たしかにこれなら、誘導装置の問題は一挙に解決できる。だが本来、技術は人間を助けるためのものであるはずなのに、人間の命を機械の一部品として使うような兵器をつくるのは技術への冒瀆《ぼうとく》だ、と三木は感じた。

「なにが一発必中だ。そんなものがつくれるか！　冗談じゃない」

憤然として首を振る三木に、和田中将が、

「技術的な検討だけでもしてあげたらどうか」

ととりなす。三木は大田に、

「体当たりというが、いったい、誰を乗せていくつもりだ」

と疑問をぶつけた。

「私が乗っていきます、私が」

気迫に満ちた大田の答えに、三木は不意をつかれた思いがした。

三木は、戦後最初に書いた手記「桜花一一型試作経過概要」にこう記している。

〈技術者の至らざる処を尊き命をもって補って行こうと云《い》うのだ。（中略）我が綜合《そうごう》国力と急速度で不利になる戦勢を考え合わせる時、最後には吾々《われわれ》も之《これ》で行こう、行かざるを得ない。部隊の要望するものを要望する時に間に合わさせねばと、其《そ》の火と燃ゆる熱に動かされたのであった。〉

結局、大田の案は採用され、発案者・大田正一の頭文字をとって㊅（マルダイ）と名づけられた「人間が操縦するグライダー爆弾」――のちの桜花――の設計を、三木が担当することになる。

三木の手記はいくつか発表されているが、前記の「桜花一一型試作経過概要」をはじめ、み

な一九五五年（昭和三十）以降に書かれ、あるいは刊行されたものだ。内藤初穂の著書が出版されたのも一九八二年である。それらの文中に、桜花の設計をいったんは拒んだ三木が、大田の命がけの姿勢に感激し一転、研究開発を決断したと記しているのは、技術者が良心に背き、桜花をつくってしまった責任のもとは大田にある、とエクスキューズしている、と読み取るのはうがちすぎだろうか。

戦争に負けた日本は、占領軍（GHQ）によって航空機産業を禁じられたため、三木は鉄道技術者に転身する。なかでも「夢の超特急」と呼ばれ、奇跡の復興を遂げた日本の背骨を成した東海道新幹線（一九六四年開業）の「初代0系」の車両デザインを担当したことで名高い。卵型をした流麗な先頭車両は、航空機の機体設計が基礎となっている。

三木は戦後、クリスチャンになった。「桜花」という名の人間爆弾をつくり、大勢の若者を死に至らしめたことが重い十字架になったのだろうか。手記こそ残したが、三木は戦後、桜花について語ることを好まなかった。キリスト者としてその罪を贖おうとしてもなお、功成り名を遂げた技術者から罪の意識が消えることはなかったのかもしれない。

大田の「奉職履歴」

私は、亡くなる直前に大田の話を聞きとった大屋隆司のメモに記された情報をもとに、防衛省防衛研究所が保管している資料や、当時の新聞記事を渉猟し、ダメ元で旧軍の関係者を改めて手当たり次第にあたってみた。だが、本人に直接つながる手がかりはほとんどなく、調査は困難をきわめる。

ところが、あることをきっかけに光明が差した。長年の知友である高知県在住の海軍搭乗員研究家・吉良《きら》敢《いさみ》に大田についてなにか資料の心当たりはないかと相談したところ、吉良が以前発見し、保管していた大田正一の「奉職履歴」（海軍での履歴書）の写しを快く提供してもらうことができたのだ。この履歴書を突破口に、そこから関連資料を調べることで、少しずつだが生前の実像が浮かび上がってきた。

そこで見えてきたのは、海軍有数の実戦経験をもつ飛行機搭乗員としての大田の姿だった。

以下は、隆司をはじめ、家族さえ知るところのなかった、桜花を発案する以前の大田の経歴である。

大田正一は、一九一二年（大正元）八月二十三日、瀬戸内海に面し、中世以降は海上交通の要衝として栄えた山口県熊毛郡室津村《くまげぐんむろつむら》（現・上関町《かみのせき》）に生まれた。

高等小学校を卒業し、満十五歳だった一九二八年（昭和三）、海軍掌電信兵《しょうでんしんへい》（少年電信兵）を志願。身体検査、学力試験の徴募検査に合格し、同年六月一日、海軍四等水兵として広島県の呉《くれ》海兵団に入団した。

昭和三年度の呉鎮守府《ちんじゅふ》（主要な軍港に置かれた旧海軍の根拠地）管内の海軍志願兵の応募状況は、一般水兵が定員一一〇〇名のところ志願者一九〇〇名だったのに対し、掌電信兵は定員一〇〇名のところ志願者二三〇七名。じつに二三倍の狭き門である。電信兵の倍率が高いのは、海軍で電信、電気の技術を身につければ、将来それで身を立てることができたからだ。志願兵の義務年限は五年で、下士官となって海軍に残る道を選ばなければ二十歳そこそこで除隊することもできる。戦争がなければ、職業訓練として電信兵はうってつけだった。

のちに大田が息子の隆司に、「電気の道に進めば食いっぱぐれがないから」と工業高校への進学を強く勧めたのは、こんな自身の体験があったからなのかもしれない。

三ヵ月間、呉海兵団で座学（講義）、基本動作、行軍、カッター橈漕《とうそう》（ボートを漕ぐ）、手旗信号など水兵としての基礎教育を受けたのち、横須賀の水雷学校で、普通科電信術練習生としてモールス信号や電信機を扱う訓練を約一年。一九三〇年（昭和五）十一月一日、一等水兵に進

級、広島県の江田島にある海軍兵学校で練習艦として使われていた軽巡洋艦「大井」に、電信兵として乗り組んだ。

一九三一年（昭和六）九月十八日、日本の国策会社である南満州鉄道株式会社（満鉄）の沿線警備や居留民保護のために日本陸軍が中国に配備していた「関東軍」が、奉天（現・瀋陽）郊外の柳条湖《りゅうじょうこ》で満鉄の線路を爆破し、中国軍の犯行だと発表した「柳条湖事件」をきっかけに「満州事変」が勃発。これは、事件を口実に満州（中国東北部）を制圧し、中華民国から満州国を独立させるために関東軍参謀・板垣征四郎大佐と石原莞爾中佐らが企てた謀略だった。関東軍の主導で、一九三二年（昭和七）三月一日、満州国は独立を宣言する。だが、このことが国際連盟加盟国諸国の反発を呼び、日本は国際的に孤立することになった。同時に、中国民衆による排日運動もまたたく間に中国全土に広がっていった。

いっぽう、日本、イギリス、アメリカ、イタリアなどの国際共同租界とフランス租界が置かれていた上海では、一九三二年一月十八日、布教活動中の日蓮宗僧侶ら日本人五名が中国人の群衆に暴行を受け、うち一名が死亡、二名が重傷を負うという事件が発生した。この事件は、戦後になって、当時上海総領事館駐在武官補佐官であった田中隆吉少佐らによる、近く迫った満州国独立から列国の目をそらせるための策略であったことが明らかにされている。これが原

因となって一月二十八日、日中両軍の全面軍事衝突に発展した。

「上海事変」である。

日本海軍は上海の居留民保護のため、九〇六名の特別陸戦隊を常駐させていたが、軍事衝突の気配が濃厚になるとただちに増援部隊の派遣を決定。「大井」は駆逐艦四隻とともに、陸戦隊四五七名を乗せて上海に向かった。さらに空母「加賀《かが》」「鳳翔《ほうしょう》」からなる第一航空戦隊も、搭載する飛行機をもって陸上戦闘の支援にあたることとなった。

陸戦隊は佐世保鎮守府、横須賀鎮守府からも派遣され、軍艦の乗組員のなかから臨時に編成した兵員も加わって、一月二十九日には総勢三一二六名に膨れ上がっている。

二月五日、中国軍が国際電話の海底ケーブルを切断、そのため「大井」が急遽《きゅうきょ》、通信中継艦に指定され、上海と日本との通信を一手に担うことになった。一等水兵の大田正一は「大井」の通信室で、現地の部隊や上海総領事館と日本の間を飛び交う膨大な量の電文処理に追われる多忙な日々を送ったはずである。

日本軍七六九名、中華民国軍四〇八六名が戦死し、民間人を含む多くの負傷者、行方不明者を出して一ヵ月あまりにおよんだこの戦いを、日本の新聞は賑々しく報じた。なかでも大きく取り上げられたのが将兵の武勇伝だった。

二月二十二日、中国軍陣地を攻撃中の、陸軍久留米混成旅団の北川丞《きたがわすすむ》、江下武二《えしたたけじ》、作江伊《さくえい》

之助《のすけ》の各一等兵が、突撃路を開こうと爆薬筒を抱えたまま敵陣の鉄条網に躍り込んで自爆。彼らは「肉弾三勇士」と讃えられ、日本国内で一大センセーションを巻き起こした。「肉弾三勇士」は、じつは意図した自爆ではなく、爆薬筒を仕掛けるのに手間どり、退避が間に合わなかったための死亡事故だったというのがこんにち定説になっているが、

「身を捨てて活路を開いた」

という、のちの「特攻」にも通じる犠牲的行為が、当時の日本人に与えたインパクトはきわめて大きかった。新聞は「肉弾三勇士」のニュースを連日のように取り上げ、それをもとにした映画が次々と制作され、舞台の演目としても人気を博するほどだった。

三月三日、中華民国軍の退却にともない日本軍は戦闘中止を宣言、「大井」は三月二十三日、江田島に帰港する。ここで大田は艦を降り、四月一日、第二十期偵察練習生として横須賀海軍航空隊に入隊した。偵察練習生は、複座（二人乗り）以上の攻撃機や爆撃機、偵察機などの軍用機に搭乗し、偵察、航法、爆撃、写真撮影、無線電信などを受け持つ「偵察員」を養成するための教程である。偵察員には、飛行機を操縦する操縦員とは別の精緻な計算能力と、無線機や写真機を扱う専門的な知識や技術が求められた。操縦練習生と偵察練習生の筆記試験は、戦地にいても受験することができたから、大田は「大井」が上海に向け出港する前に願書を提出し、試験問題を取り寄せて艦上で試験を受けていたものと思われる。

偵察練習生時代の大田の消息は、ほとんど残されていない。「偵察練習生」の資料そのものが、終戦とともに亡失し、旧軍の資料を蒐集、保管する防衛省防衛研究所にさえほとんど残っていないからだ。

わずかに、この頃の大田の様子を伝えるものに、秦郁彦著『昭和史の謎を追う』（文藝春秋）がある。以下、引用しよう。

〈偵練同期の馬場政春によると、大田の成績は中位だったが、頭の切れるアイデアマンで、敵飛行機の進路前方にロケットで網を打ちあげて落す奇策を語っていたという。

教員として大田を教えた川合誠（八期偵練の出身）は、卒業前に大田と交わした次のような問答を記憶していた。

「四年で満期をとって（筆者注：海軍を辞めて）満州へ行きます」

「何をやるんだ」

「馬賊相手の商売をやりたいんです」〉

いずれも、のちに技術畑のトップに「人間爆弾」のアイデアを提言する大田を彷彿させるエピソードではある。

金鵄勲章

一九三二年九月二十四日、偵察練習生課程を卒業した大田は、水上偵察機の偵察員となった。「水上機」は、車輪のついた陸上機や艦上機とちがって、機体下面についたフロートを用《もち》い、水面を離着水する飛行機だ。前出『昭和史の謎を追う』には〈艦上攻撃機の偵察員になった〉とあるが、これは誤りである。大田は一九三五年（昭和十）、重巡洋艦「古鷹《ふるたか》」に搭載された水上機偵察員として上海沖に出動した記録が残っている。

一九三五年十月一日、大田は舞鶴軍港の北西に位置する栗田湾《くんだわん》に開隊したばかりの舞鶴海軍航空隊（舞鶴空）に転属した。舞鶴空は日本海側の防備のために設けられた、三人乗りの九四式水上偵察機六機からなる小さな航空隊である。ここで下士官の最高位である一等航空兵曹に進級した大田は、分隊長・菅原英雄《すがわらひでお》大尉のもと、先任搭乗員として部下の下士官兵を束ねる立場になった。菅原はこのときから九年後、大田の直属上官である第一〇八一海軍航空隊司令として、「人間爆弾」構想の実現に直接関わるキーマンの一人となる。

一九三七年（昭和十二）七月七日、北京郊外で日中両軍が衝突した「盧溝橋《ろこうきょう》事件」を口火に、

日本と中華民国はついに全面戦争に突入（北支事変）、その戦火は八月、上海に飛び火する（「第二次上海事変」）。九月二日、これらを総称して「支那事変」と呼ぶことが閣議決定された。

海軍は、館山、大湊《おおみなと》、舞鶴、鎮海《ちんかい》の各航空隊から四機ずつ選抜した水上偵察機で第二十三航空隊（二十三空）を臨時に編成、潜水母艦「大鯨《たいげい》」に搭載して、上海沖約五〇キロ、杭州湾《こうしゅうわん》湾口に派遣する。大田は、舞鶴空から選ばれてこの隊の一員に加わった。

二十三空は八月二十日、全一六機の水上偵察機で中華民国軍の地上部隊を爆撃したのをはじめ、上海の偵察、哨戒、敵陣地や敵艦の爆撃、夜間の吊光弾《ちょうこうだん》投下など、一ヵ月以上にわたって出撃を重ねた。防衛省防衛研究所に現存する「二十三空戦闘詳報」によると、その回数は三一回におよぶ。

十月二日、二十三空は解隊され、大田は水上機母艦「能登呂《のとろ》」乗組となるが、引き続き上海にとどまり、十二月十七日まで敵情偵察や海上を航行する船舶の臨検などの任務についた。

十二月末、帰国した大田は、こんどは木更津海軍航空隊で九六式陸上攻撃機（九六陸攻）の偵察員としての機種転換訓練を受ける。

九六陸攻は「中攻《ちゅうこう》」（中型陸上攻撃機）とも呼ばれ、水平爆撃と雷撃兼用、全金属製のスマートな姿と、当時としては優秀な性能をもつ、海軍の花形機だった。この後継機にあたるのが、「桜花」を吊って出撃した一式陸上攻撃機だ。支那事変が勃発した当初、九州や台湾の基地を

発進した九六陸攻は中国本土を爆撃、新聞各紙はこれを「渡洋爆撃《とようばくげき》」と称し、熱狂的に報じた。だが、中華民国空軍戦闘機の迎撃を受け、損失も少なくなかった。

九六陸攻の搭乗員は、操縦員二名、偵察員一名、電信員二名、搭乗整備員二名の一機あたり七名が標準とされていたから、機体が失われると人的損失も大きい。たとえ撃墜されなくても、敵戦闘機の機銃弾によって機上で戦死する者も少なくない。そこで搭乗員を補充するため、この時期、他機種からの転換訓練が盛んに行われた。

中攻の偵察員となった大田は、一九三八年（昭和十三）五月十九日、南京に本拠を置き、漢口攻略作戦にあたっていた第十三航空隊に転勤する。日本軍に南京を追われた蔣介石《しょうかいせき》を国家主席とする中華民国国民政府は、四川省の重慶を臨時首都として根強い反攻を続けていた。「十三空戦闘詳報」によると、大田は、一九三八年八月九日より漢口や武昌の爆撃に九六陸攻の機長として参加。十一月に日本軍が漢口を占領すると、こんどは漢口を拠点に宜昌《ぎしょう》、南昌《なんしょう》、重慶などへの爆撃を重ねた。その出撃回数は二五回にのぼっている。先に談話を紹介した稲田正二や、NHKの久保田瞳の祖父・北島源六とともに戦ったのはこの頃のことである。

約一年におよぶ戦地勤務ののち、一九三九年（昭和十四）六月三日、大田は木更津海軍航空隊へ転勤。ここでは教員として新人偵察員の教育にあたった。

一九四〇（昭和十五）年四月二十九日に行われた支那事変の生存者論功行賞《ろんこうこうしょう》で、大田は下士官として異例の功五級金鵄《きんし》勲章を授与された。

「金鵄勲章」は抜群の戦功をたてた軍人にのみ与えられた勲章で、階級ごとに等級が決まっている。下士官の場合、通常ならば功六級だが、なかでも抜きんでた功績を認められた者だけが一つ上の功五級を授けられた。大田は、二十三空の水上偵察機と十三空の陸上攻撃機、あわせて五十数回にもおよぶ出撃が評価されたものだろう。

さらに、大田にはこのとき、勲七等青色桐葉章《せいしょくとうようしょう》と、三三〇〇円（大卒初任給ベースで換算すると現在の約一〇〇〇万円）の一時金が授けられている。大田の月給は当時七五円。それに航空加俸が三〇円、危険手当一五円がついて月額一二〇円（現在の約三六万円）になる。戦地に出ればさらに月額三七円（同・約一一万円）の加算がつく。現代と違って源泉徴収もなく、下士官は隊内での衣食住はすべて官費でまかなわれることを考えれば、かなりの高給だった。

海軍には「義務服役期間」という規定がある。下士官の場合、任官して六年間が一区切りとされ、海軍に残りたければそこから先は二年ごとに「再現役願」を提出し、服務期間を延長する。論功行賞が行われた一九四〇年、大田は下士官になって八年め、再現役の期間が終わろうとするところだった。

大田はこのとき二十七歳。すでに妻・時子と結婚し、一九三六年生まれの長男と三八年生ま

れの長女があった。軍人は十二年勤めると恩給の受給資格が得られ、さらに戦地にいた期間は三倍として加算される。勤続十二年、戦地勤務も長い大田はすでに軍人恩給の受給資格を十分に満たしていた。偵察練習生の頃、教員に、

「馬賊相手の商売をやりたい」

と語った大田は、新天地にはばたくことを夢みて二度めの「再現役願」を出さなかったのだろう。五月一日、准士官の海軍航空兵曹長（一九四一年、飛行兵曹長と呼称変更）に進級すると翌二日付で予備役に編入、つまり形の上では海軍をいったん去ることになる。予備役編入の前日に准士官に進級したのは、現在の警察官などが退職と同時に一階級昇任するのと同じで、退職金や恩給が一ランク上の額になるという組織の〝親心〟である。

海軍の退職金は一二〇〇円、それと論功行賞で得た一時金があれば、なにがしかの商売を始める元手にはなっただろうし、恩給がそれまでの月給の三分の二程度もらえるはずだから、海軍を辞めても生活には困らないとの目算もあったのではないか。

だが、泥沼化した中国での戦況は、ベテラン偵察員である大田が海軍を去ることを許さなかった。大田は予備役編入と同時に充員《じゅういん》召集され、引き続き木更津海軍航空隊で教官（海軍では教える立場の下士官を教員、准士官以上を教官と呼ぶ）を務めることになる。

そして大田は、一九四一年（昭和十六）四月十一日付で千歳《ちとせ》海軍航空隊（千歳空）に転勤、ここで日米開戦を迎えた。

千歳空は北海道の千歳基地に本拠を置き、飛行機の定数は九六式陸攻五六機という大部隊である。開戦に備えてその主力は日本の委任統治領だったマーシャル諸島のルオット島に進出、十二月八日、機動部隊によるハワイ・真珠湾攻撃に呼応して、中部太平洋の要衝・ウェーク島の米軍拠点を爆撃した。

大田は十二月八日、九日、十日と三日連続でウェーク島空襲に小隊長（三機編隊の指揮官）として参加したのをはじめ、千歳空でも計一九回の出撃が「千歳空戦闘行動調書」に記録されている。一九四二年（昭和十七）二月には赤道を超えて、日本軍が占領したばかりのニューブリテン島ラバウル基地に進出。四月にふたたびルオットに戻り、六月八日付で静岡県の大井海軍航空隊に転勤するまで太平洋上での哨戒任務についた。

大井空に転勤してほどない六月十六日、大田は戸籍を山口県から愛知県名古屋市西区田幡町五五七番地に移している。

輸送機の機長として

一九四三年（昭和十八）三月十九日、大田にまたも前線勤務が命じられた。行く先は空母「瑞鶴《ずいかく》」に司令部を置く第三艦隊（空母を主力とする機動部隊）である。陸上攻撃機搭乗員の大田が機動部隊の配置になるのは一見不自然な人事だが、これは、近く行われる「い」号作戦に向けて人員や機材を最前線に運ぶ必要が生じ、三機の一式陸上攻撃機を輸送機として司令部に配備するためだった。

開戦からしばらくは日本軍優位に進んでいた戦争も、一九四二年六月五日、日米機動部隊が太平洋上で激突したミッドウェー海戦で、日本の主力空母四隻が撃沈される大敗を喫して以降、形勢は逆転している。

同年八月七日、日本海軍が飛行場を設営中だったソロモン諸島のガダルカナル島に米軍部隊が上陸、またたく間に飛行場を占領すると、飛行場奪回をめざす日本軍と米軍とのあいだで烈《はげ》しい攻防戦が繰り広げられた。半年におよぶ戦いの結果、一九四三年二月に日本軍はガダルカナル島から撤退、米軍はここを拠点に一大反攻に転じようとしている。そのため、形勢を逆転するべく連合艦隊司令部が立案したのが「い」号作戦だった。空母搭載機の総力をラバウルの

陸上基地に投入、基地航空部隊の飛行機と協同で、ガダルカナル島とニューギニア島・ポートモレスビーの米軍拠点を殲滅《せんめつ》するという、起死回生の二正面作戦である。

三月三十一日、大田正一たちの一式陸攻三機は司令長官・小澤治三郎《おざわじさぶろう》中将以下の司令部要員を乗せて木更津基地を離陸、マリアナ諸島のサイパン島、中部太平洋のトラック島を経て、四月二日、ニューブリテン島のラバウル東飛行場に到着した。

連合艦隊司令長官・山本五十六大将も、トラック島に錨泊中の旗艦「武蔵《むさし》」から四月三日にラバウルに進出し、陣頭指揮をとることになった。

「い」号作戦は四月七日から十四日にかけて続き、その期間中、大田は司令部要員や整備員、整備機材を乗せて連日のようにラバウルと前進基地との間を往復した。不時着機の捜索や、負傷者の輸送にも駆り出されている。

山本長官は作戦終了後の四月十八日、第七〇五海軍航空隊の一式陸攻に乗って前線基地へ視察に赴く途中、米陸軍戦闘機ロッキードP－38の待ち伏せ攻撃に遭い、ブーゲンビル島のジャングルに撃墜され戦死。大田たち第三艦隊司令部の一式陸攻三機はこの日、山本長官一行の離陸に先立ってラバウルを発ち、トラック島に引き揚げていた。

晩年の大田が、晩酌で酔っぱらっては息子の隆司に、

「山本五十六を殺したんはワシのせいや」

とくだを巻いていたというのは、自分の飛行機に乗っていればむざむざと敵機に墜とされることはなかったという、歴戦の搭乗員としてのプライドを垣間《かいま》見せていたのかもしれない。

大田は一九四三年八月一日、海軍少尉に進級、同日付で第一五一海軍航空隊に転勤。さらに十月十五日付で第十一航空艦隊司令部に異動した。任務は一貫して、最前線ラバウルを拠点に輸送機として使用される一式陸攻の機長である。

大田が輸送機の機長として飛んでいる間にも烈しい航空戦は続き、一式陸攻の部隊は戦闘のたびに大きな犠牲を出していた。たとえば、一九四三年六月三十日に敵艦雷撃のため出撃した一式陸攻は二六機のうち二〇機を失い、挙げた戦果は米輸送船一隻撃沈のみ。九月二十二日には、出撃した八機のうち七機が撃墜され戦果なし、といった惨憺たる結果が残っている。もはや、通常の攻撃方法では米軍に太刀打ちできないことは明らかだった。

そして一九四四年（昭和十九）二月十七日。大田が「人間爆弾」の着想を具体化させるうえで決定的な出来事が起こった。

太平洋における日本海軍最大の拠点・トラック島が米海軍機動部隊の奇襲を受け、壊滅したのである。

第四章
生還不能の新兵器

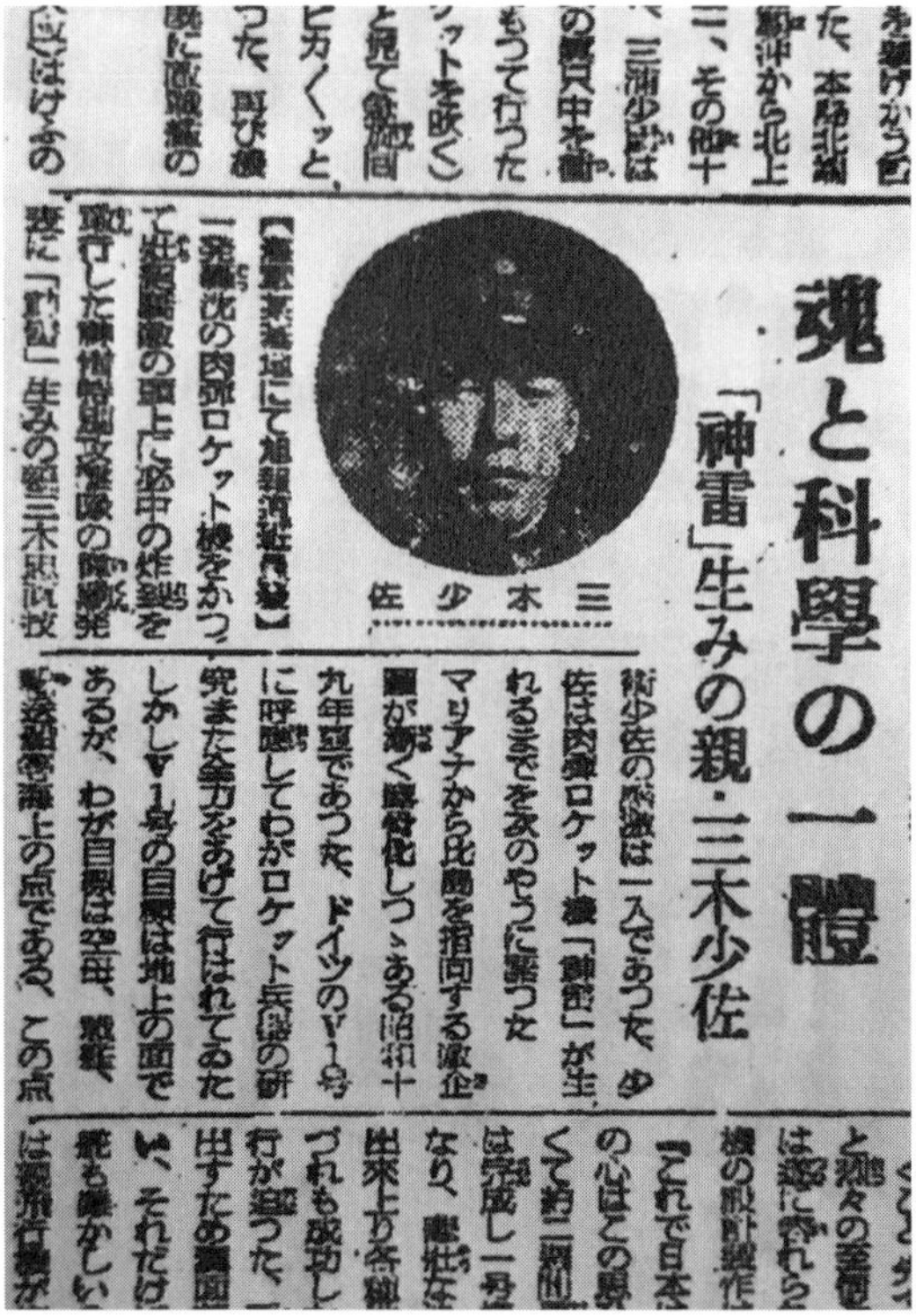

魂と科學の一體
「神雷」生みの親・三木少佐

三木少佐

【海軍某基地にて旭報道班員發】一發轟沈の肉彈ロケット機をかつて生還不能の敵の頭上に必中の炸裂を敢行した神雷特別攻撃隊の輝く勲功の蔭に「神雷」生みの親三木忠直技術少佐の憂慮は一入であつた、少佐は肉彈ロケット機「神雷」が生れるまでを次のやうに語つた

マリアナから比島を指向する敵企圖が漸く露骨化しつゝある昭和十九年夏であつた、ドイツのV1號に呼應してわがロケット兵器の研究また全力をあげて行はれてゐた

しかしV1號の目標は地上の面であるが、わが目標は空母、戦艦、輸送船等海上の点である、この点

◉1945年5月30日、桜花の設計者・三木忠直技術少佐のインタビュー記事。当時、桜花は一般向けには「神雷」と呼ばれていた

トラック島壊滅

一九四四年二月十七日の早朝、太平洋における日本海軍の一大拠点・トラック島は、米機動部隊の空母九隻を発艦した艦上機の大編隊による奇襲攻撃を受けた。

空襲は二日間にわたって続き、撃沈された日本側の艦艇は一一隻一七万八〇〇〇トン、輸送船などの船舶は三〇隻一九万三五〇〇トンにおよび、ほかに一一隻の艦船が損傷した。失った飛行機は三〇〇機を超え、戦死者は二〇〇〇名以上にのぼる。対してアメリカ側の損害は、飛行機二五機を失い、日本機による夜間攻撃で空母一隻が損傷、戦死者四〇名。まさに真珠湾攻撃の戦果を数倍にして返されたかのような一方的な殺戮だった。

じつは、日本海軍はこの米機動部隊がトラック島を窺っていることを察知していた。空襲の二日前、二月十五日に司令部が敵機動部隊の無線を傍受、発進させた索敵機二機も消息を絶ったことから敵は近くにいると判断、ただちに警戒配備が下令された。飛行機は燃料、機銃弾、あるいは爆弾、魚雷を搭載し、敵艦隊発見の報告があれば即座に出撃できる状態で待機する。

ところが、この警戒配備は十六日になぜか解除されてしまう。飛行場に待機した零戦の機銃弾は上空哨戒につく数機を残しておろされ、攻撃機の爆弾や魚雷もはずされた。そこへ敵機が

来襲したのである。

警戒配備が解かれていたので、トラック島の零戦の大部分は機銃弾も積んでいなかった。やがて燃料、機銃弾の準備のできた零戦から発進を始めたが、離陸直後でスピードの出ない不利な態勢を襲われ、撃墜される機も多かった。

すでに日米に圧倒的な戦力差があったとしても、空襲前に警戒を解き、無防備だったという失態の原因はどこにあったのか。当時、トラック島にいた門司親徳《もじちかのり》（第五五一海軍航空隊主計長）が、かつて私のインタビューにこのように語っていた。

「米軍機の空襲が終わったあと、トラック島で生き残った隊員たちの間では妙な噂が広がっていました。それは、二月十六日晩、トラックに出店していた料亭『小松』で、病気のため内地への送還が決まった第四艦隊司令長官・小林仁《こばやしまさみ》中将の歓送会があり、主要指揮官や司令部要員がそこに出席、十七日未明に奇襲を受けたときにはそれぞれが芸者と寝ていて、自分の基地に帰れなかったというものでした。しかも、せっかく出した警戒配備を解除したのはこの宴会のためであったというんです」

「小松」の芸者もこの空襲で六名が爆死した。「小松」は一八八五年（明治十八）、海軍の〝本丸〟とも呼べる最大の軍港都市・横須賀に開業した老舗料亭で、その土地柄、少尉から大将までほとんどの海軍士官が顧客に名を連ね、「パイン」の愛称で親しまれている。海軍の横須賀

鎮守府からの要請を受け、開戦の翌一九四二年、トラック島に出店。芸者は全員、横須賀の本店で芸事《げいごと》の稽古を積んで、膨大な数の着物とともに送り込まれていた。

元海軍少佐で自らも「小松」の常連客だった外山三郎《とやまさぶろう》が戦後、著した『錨とパイン』（静山社・一九八三年）のなかで「小松」の女将・山本直枝《やまもとなおえ》が回想しているところによると、空襲を受けた頃、島には五〇〜六〇人の芸者がいたという。爆死した芸者は前夜の宴会から店に残っていたもので、警戒配備が敷かれ、防空壕に退避さえしていれば助かったはずの命であった。結局、トラック島の「小松」は閉店、残った芸者たちは亡くなった芸者の遺骨を抱いて、着の身着のままパラオ島に逃れ、そこでもまた空襲に遭い、命からがら横須賀に帰り着いたのは三ヵ月後のことだった。

門司の言う、トラック島の隊員たちが信じた「噂」が事実なら、あまりにもお粗末な海軍上層部の失態である。ちなみに、公刊戦史である『戦史叢書』（防衛庁防衛研修所戦史室編）には、警戒配備を解いた理由について〈十六日には、予期した空襲もなく〉と簡単に記されているのみで、宴会のことや芸者たちの運命にはひと言も触れられていない。

門司はその後、一九四四年十月、フィリピンで爆弾を搭載した零戦で敵艦に体当たり攻撃をかける特攻隊を初めて出撃させた大西瀧治郎《おおにしたきじろう》中将の副官をつとめ、特攻の初めから終わりまでをその目で見ることになる。その人となりを知るトラック島でのエピソードが残されている。

大群の米軍機に一矢を報いようと、菅原英雄少佐が司令をつとめる第五五一海軍航空隊の「天山《てんざん》」艦上攻撃機が、護衛戦闘機もつけずに次々と発進してゆく。だが、艦攻隊も離陸直後に敵戦闘機の攻撃を受け、その大半が撃墜されたり地上で燃やされたりした。

一日にして配下の戦力を失った菅原少佐は、この空襲を本格的な敵上陸作戦の前触れと早合点し、生き残った部下たちを集めて、

「我が隊は敵上陸部隊を迎え撃ち、玉砕（全滅）する」

と訓示した。菅原の目は血走っていて、明らかに冷静さを失っている。ここですかさず、門司が、

「司令、『玉砕』は戦った結果だから、ここは『あくまで戦え』と言うべきですよ」

と反論した。門司は昭和十六年に東京帝国大学経済学部を卒業後、海軍に入った主計科士官である。

門司の言葉に菅原はふと我に返り、もっともだと思ったらしく、

「この期に及んでも帝大出は理屈を言う。……こんどからはそうしよう」

と言い、〈悲壮感に満ちたその場の雰囲気が少し和らいだ〉と、五五一空飛行隊長だった肥《ひ》田真幸《ださねゆき》大尉はそのときの模様を未公刊の手記に記している。

壊滅したトラックの戦力をテコ入れするために、ラバウルに展開していた航空部隊はすべてトラックに引き揚げさせることになり、南太平洋の最前線基地として二年間にわたり米軍の侵攻を食い止めてきたラバウルは、ついにその戦力を失った。

第十一航空艦隊司令部の輸送機機長としてラバウルにいた大田正一は、このとき、ラバウルからトラックへ後退させる人員のピストン輸送にあたり、トラックの惨状をまのあたりにしている。大田はここで、かつて舞鶴空時代に直属の分隊長だった菅原少佐と再会したはずだが、二人の間でどんな会話が交わされたかはわからない。

「体当たり兵器」の開発

人間が操縦する兵器で敵艦や敵機に体当たりする自爆戦法が海軍の上層部で本格的に議論されるようになったのは、一九四三年六月末のことである。

一九四三年六月二十九日、侍従武官・城英一郎《じょうえいいちろう》大佐は、艦上攻撃機（三人乗り）、艦上爆撃機（二人乗り）に爆弾を積み、志願した操縦員一名のみを乗せて体当たり攻撃をさせる特殊部隊を編成し、自身をその指揮官とするよう、当時航空本部総務部長だった大西瀧治郎中将に意見具申した。大西は、

「意見は了とするが、搭乗員が百パーセント死亡するような攻撃方法は、いまだ採用すべき時期ではない」

としてその具申を却下した。

同年十月、黒木博司《くろきひろし》中尉と仁科関夫《にしなせきお》少尉は共同研究した「人間魚雷」の意見書を、海軍の作戦、指揮を統括する軍令部に提出したが、これも却下されている。

だが、翌一九四四年二月十七日、トラック島が壊滅したことで潮目が変わった。

『戦史叢書』によれば、二月二十六日、先の黒木中尉、仁科少尉による「人間魚雷」の着想が見直され、広島県の呉海軍工廠魚雷実験部で「㈥(マルロク)金物《かなもの》」の秘匿名で極秘裏に試作が始められる。これは魚雷に操縦装置をつけ、人間の操縦で敵艦に体当たりするものだった。

さらに四月、海軍の軍備計画をつかさどる軍令部第二部長・黒島亀人《くろしまかめと》少将は、作戦を統括する第一部長・中澤佑《なかざわたすく》少将に、「体当たり戦闘機」「装甲爆破艇」をはじめとする新兵器を開発することを提案し、中澤もそれを了承、その案をもとに軍令部は、九種類の特殊兵器の緊急実験を行うよう海軍省に要望した。

海軍省の命を受けた艦政本部《かんせいほんぶ》はこれらの兵器に㈠から㈨までの秘匿名称をつけ、実験を急いだ。その概要は、次の通りである。

㈠兵器　潜水艦攻撃用潜航艇

㈡兵器　対空攻撃用兵器
㈢兵器　可潜魚雷艇
㈣兵器　船外機付き衝撃艇（爆薬装備のモーターボート）
㈤兵器　自走爆雷
㈥兵器　人間魚雷
㈦兵器　電探関係兵器
㈧兵器　電探防止関係兵器
㈨兵器　爆薬を敵艦に仕掛ける小型潜航艇

以上のうち、黒島少将自らが考案した㈣兵器はのちに「震洋《しんよう》」として、黒木中尉、仁科少尉考案の㈥兵器は「回天《かいてん》」として実戦に投入され、それぞれ多くの若者が戦死している。

黒島は奇抜なアイデアマンで知られ、かつて連合艦隊司令長官・山本五十六の懐刀《ふところがたな》として真珠湾攻撃の作戦をまとめた先任参謀だった。だが、一九四二年六月のミッドウェー海戦で大敗を喫した責任の一端は、機動部隊のはるか後方にいた旗艦「大和《やまと》」で敵艦隊の無線を傍受しながら、そのことを先陣を切る機動部隊本隊に知らせなかった黒島にもある。一九四三年四月十八日、山本五十六が戦死し、黒島は同年六月軍令部に転じたが、この頃から、「モーターボートに爆薬を装備して敵艦に体当たりさせる」

という自らのアイデア（のちの「震洋」）を軍令部の幕僚たちに説くようになった。さらに七月、軍令部第二部長に就任すると、八月には戦備の方針を定めるための会議で、「戦闘機による衝突撃（体当たり）」の戦法を提案している。これは大田正一が「人間爆弾」の試案を航空本部に持ち込むよりも一年近くも前のことである。

黒島はさらに、一九四五年には、潜水具を装着した人間が長い棒につけた爆雷を持って海底に待機し、敵上陸用舟艇を下から突き上げて爆破するという、もはや兵器と呼ぶにも値しないような自爆装置「伏龍《ふくりゅう》」の開発を指示、わずか一ヵ月で完成させた。

伏龍は実戦で運用されることはなかったが、粗雑な潜水具と、息を鼻から吸って口から吐かなければ炭酸ガス中毒を起こしてしまう呼吸装置が原因の事故が多発、訓練中に多くの犠牲者を出した。その人数は秘匿され、詳《つまび》らかではないが、「公益財団法人　特攻隊戦没者慰霊顕彰会」の調査によると、少なくとも一〇名以上という。後年作家として活躍する城山三郎や俳優・安藤昇は伏龍訓練部隊の元隊員、作家・島尾敏雄は震洋部隊の元隊員である。

航空機による自爆攻撃も着々とその準備が進められようとしていた。

その中心となって航空特攻を推進したのは源田《げんだ》実《みのる》中佐である。一九三二年から三四年にかけ、現代の航空自衛隊「ブルーインパルス」の元祖とも呼べる日本初の編隊アクロバット飛行

チーム「源田サーカス」を率い、戦闘機パイロットの草分けとして有名だった源田は、一九四四年当時は海軍の作戦をつかさどる軍令部第一部の参謀を務めていた。海軍中枢に航空出身者が少なかったこともあって絶大な発言力を持ち、航空作戦のすべてを動かしうる立場にあった。

源田は、一九四一年の開戦時には機動部隊の航空参謀として真珠湾攻撃の実行に携わり、翌年六月のミッドウェー海戦では自らの判断ミス——敵艦隊発見の報をうけたさい、正攻法にこだわって、ミッドウェー島の敵基地攻撃のため攻撃機に装着していた爆弾を魚雷に換装したり、護衛戦闘機を用意しているあいだに戦機を逃し、攻撃を受けた——で空母四隻を一挙に失った。機動部隊航空参謀の源田実と連合艦隊先任参謀の黒島亀人は、太平洋戦争前半における海軍作戦の車の両輪とも呼べる関係にある。

そして、海軍航空隊の〝総本山〟である横須賀海軍航空隊の飛行隊長・中島正《なかじまただし》少佐も、零戦隊を率いてガダルカナル戦に参加し、日米の戦力差をまのあたりにした経験から、

「もう体当たり攻撃をやらなきゃダメだ」

と考え、自ら零戦を操縦して体当たり攻撃の研究を重ねながら源田の構想を支えた。中島はその後、第二〇一海軍航空隊飛行長としてフィリピンに転出し、一九四四年十月、最初の特攻隊を出撃させる役回りとなる。その後もフィリピンでの特攻作戦を主導して自分の部下から約三五〇名もの特攻戦死者を出した。そして中島は、一九四五年四月、第五航空艦隊付の作戦主

任という肩書きで桜花部隊である第七二一海軍航空隊（神雷部隊）に着任することになる。

トラック島壊滅ののち、自爆攻撃への流れを加速させたのが、一九四四年六月十九日から二十日にかけて日米機動部隊が激突したマリアナ沖海戦での惨敗である。サイパン島をめぐるこの戦いで、日本海軍は、敵艦隊にほとんど打撃を与えることのできないまま、虎の子の空母三隻と基地航空部隊をふくめ四七〇機もの飛行機、三〇〇〇名を超える将兵を失った。

第三四一海軍航空隊司令・岡村基春《おかむらもとはる》大佐が、第二航空艦隊司令長官・福留繁《ふくどめしげる》中将に、

「体当たり機三〇〇機をもって特殊部隊を編成し、その指揮官に私を任命されたい」

と意見具申したのは、マリアナ沖でまさに日米機動部隊が戦っていた六月十九日のことである。岡村はさらに、二十七日には軍需省航空兵器総局総務局長になっていた大西瀧治郎中将のもとへ赴き、体当たり攻撃に適した航空機の開発を要望した。

その二日前の六月二十五日に開催された陸海軍の元帥会議では、サイパン島奪回を断念することが正式に承認されたが、このとき、一九三二年から四一年までの長きにわたって軍令部長、軍令部総長を務めた海軍の長老、皇族元帥の伏見宮博恭王《ふしみのみやひろやす》が、

「対米戦には特殊の兵器の使用を考慮しないといけない」

と発言。暗に自爆兵器の開発を促すかのような「宮様」の一言が〝お墨つき〟を与えた形と

なって、海軍の大勢は一気に特攻へと傾く。この時点で㈣兵器（震洋）はすでに試作艇が完成し、量産に入ろうとしていた。㈥兵器（回天）の試作艇も、まもなく完成の見込みで、航走試験を始めようとしている。陸軍でもすでに、体当たり戦法が一部で検討されていた。

「人間爆弾」の構想

大田正一は一九四四年四月一日付で第一〇八一海軍航空隊に転勤する。勤務地は神奈川県の厚木基地だった。一〇八一空は新たに編成された輸送部隊で、所管は京都府の舞鶴鎮守府だが、本部が厚木基地に置かれた。

戦場から帰った大田が「グライダー爆弾（人間爆弾）」の構想を空技廠に持ち込んだ同年七月は、まさに「特攻」が海軍の既定路線となり、そのための兵器の開発が進められていた時期だった。これが半年早ければ大田の案が採用されることはなかっただろうし、半年遅ければ実戦に間に合わなかっただろう。偶然とはいえ、あまりにも絶妙なタイミングだった。

この時点で大田の軍歴は一六年、うち戦地勤務はのべ三年一一ヵ月におよび、戦闘出撃回数は八〇回を超える。日本海軍で、大田ほど長きにわたる実戦経験をもつ飛行機搭乗員は稀だった。ここ一年は輸送機の機長だったが、それでも司令部の動きをまのあたりにし、戦況の悪化

を肌で感じながら最前線の空を飛び続けた経験は大きい。

そして、大田が転勤した一〇八一空の司令は、かつて舞鶴空で大田の分隊長だった菅原英雄少佐(五月一日中佐に進級)である。この人事は、トラック島での再会がきっかけだったと捉えるのが自然であろう。航空隊司令ともなれば、人事局に掛け合って部下を指名することができたからだ。先に触れたように菅原は五五一空司令として、部下の艦攻隊に護衛戦闘機もつけない特攻同然の出撃を命じたこともある。戦場で米軍との圧倒的な戦力差をまのあたりにしたこの二人が、もはや体当たり攻撃しか戦う方法がない、と考えたとしても不思議ではない。

大田が「人間爆弾」の構想を、いつどのように考えついたのかはわからない。大田の息子の隆司は高校生のとき、

「木更津の下宿で、寝転んで天井を見上げているときに思いついた」

と語った父の言葉をはっきりと憶えているという。

だとすれば日米開戦前の一九三九年六月から四一年四月にかけて木更津海軍航空隊に勤務していた頃には、すでにアイデアは頭のなかにあって、それが戦況の悪化を身をもって実感したことで一気に具体化したのかもしれない。

七二一空(神雷部隊)戦友会が戦後著した『海軍神雷部隊』(私家版)によると、大田が菅原司令に「人間爆弾」の構想を明かし、その承諾を得て研究にとりかかったのは一九四四年五月

のことである。

上層部に意見を届け、採用にこぎつけるためには具体的な根拠が要る。大田は賛同者を得るべく、六月のある雨の日、厚木基地の一室に一〇八一空の下士官兵搭乗員数十名を集め、「南方戦線について」と題する戦訓講話を行った。

その内容は、自身が体験してきた最前線での戦況の実情と、制空権、制海権を敵に握られ、戦果を挙げられないまま日本側の損害ばかりが大きくなっていることを説くものだった。一〇八一空の元隊員・堀江良二の手記に書かれている大田の言葉は次のようなものであった。

「いまの戦局を挽回するには一機で一艦を確実に葬るしかない。それには、母機から発進してロケット推進で敵艦に体当たりする飛行爆弾のような有人の小型機しかないとの考えに至った。これを上申すべく東京にいちばん近い部隊に転勤を希望し、軍令部に日参しておったのである。しかし、軍令部では、そのようなものをつくっても乗る搭乗員がいないと相手にしてもらえない。そこで賛成する搭乗員がいることを証明したいので、お前たちの名前を貸してほしい」

二十歳前の者が大半を占める若い隊員たちにとって、三十一歳の大田は、士官としての序列は低くとも「神様」のようなものである。堀江の手記によると、集まった搭乗員はみな、快く署名し、なかには血判を押す者までいたという。

また、筑波《つくば》海軍航空隊の林冨士夫《はやしふじお》中尉は、六月二十日頃、雨のため飛行作業が中止になった筑波基地の本部庁舎で、司令・高次貫一《たかつぎかんいち》大佐と飛行長・横山保《よこやまたもつ》少佐より、戦闘機の操縦教官七〜八名に対し、

「絶対に生還は不可能だが、成功すれば戦艦でも正規空母でも確実に撃沈できる新兵器の提案があった。上層部は非人道的なるがゆえに採用をためらい、まず搭乗員の意見を聞くことになった。諸官のうち、この新兵器搭乗希望者が二名以上いれば研究開発を進め、一名以下の場合は廃案にするという。志願者は自分の名刺に〇《まる》に桜と書き、従来通り戦闘機を希望する者は〇に戦と書いて、三日以内に隊長室に設置する箱に投函してほしい」

との説明があったと、かつて私に証言している。このとき、分隊長・牧幸男《まきゆきお》大尉と林中尉の二人が新兵器を志願した。

この筑波空での諮問がどのような経緯で行われたかは謎だ。だが、改めて登場人物の人間関係を洗ってみると、大田が第十一航空艦隊司令部で輸送機の機長を務めていたとき、横山少佐は十一航艦麾下《きか》の第二十六航空戦隊参謀として、半年近くのあいだ、移動するさいには大田の飛行機に乗っていたことがわかった。大田が、数ヵ月前まで同じ戦地にいた戦闘機隊の実力者である横山に構想を明かし、志願者のとりまとめを依頼した可能性が高いのではないだろうか。

大田は、陸軍が母機から投下する有翼対艦誘導弾を開発しているとの情報を耳にして、まず

はその製作を担当する三菱名古屋発動機製作所に赴き、設計のあらましを聞き出した。これは「イ号一型甲無線誘導弾」といい、過酸化水素水を燃料に、過マンガン酸ソーダ液を触媒に用いる特呂一号三型液体ロケット（呂号薬ロケット）を動力として、母機からの無線誘導で目標へ向かうというものだった。

すでにドイツでは、現代の巡航ミサイルの原型ともいえる有翼無人ミサイル「V1」が実用化されていた。V1は地対地ミサイルだが、これを操縦する人が乗って飛行機から発射すれば、複雑な誘導装置に頼らずとも動く敵艦に命中させられるだろう。

次に大田は、東京帝国大学工学部の付属機関だった航空研究所を訪ねた。

当時、海軍航空技術廠に勤務していた内藤初穂技術大尉が戦後著した『極限の特攻機　桜花』によると、大田は、東大航空研究所で外部との窓口になっていた小川太一郎教授を通して、小型ロケット機の大きさ、形状、性能など、あらましの設計を依頼し、そのための特別予算が手配された。

一九三八年に周回長距離飛行の世界記録（一〇六五一・〇一一キロメートル）を樹立した「航《こう》研機《けんき》」の開発で知られる木村秀政《ひでまさ》助教授が設計を受け持ち、それによってつくられた模型で風洞実験が行われた。谷一郎助教授が、揚力、抗力、横揺れモーメントという飛行に必要なデータを測定した。

基本的な資料を揃えた大田は、概要図を書き上げ、菅原司令に採用の手配を依頼した。菅原は技術的な検討が先決であると考え、航空技術廠の和田中将に電話で大田を紹介する。

〈こうして、大田と三木技術少佐との出会いが実現したのである〉

と、『極限の特攻機　桜花』には記されている。

㊅の開発始まる

以上のようないきさつで、大田は、専門家の手を借りて、風洞実験や基礎設計まで済ませ、しかも賛同する搭乗員たちの署名簿を準備するなど周到に根回しをしたうえで、七月、航空技術廠に直談判におよんだ。

大田案の採用に前向きだった空技廠長・和田操中将が、大田を山名正夫技術中佐、三木忠直技術少佐と引き合わせて「人間爆弾」の開発を進言させ、大田が三木に、

「私が乗っていきます、私が」

と啖呵を切ったことはすでに述べた。

大田はこれまで幾多の実戦をくぐり抜けてきているが、そのアイデアを採用し、開発する側の海軍上層部や技術陣のほとんどは戦場にすら出たことがない。軍令部で航空作戦を統括する

源田実中佐にしても、名パイロットとしてその名が轟《とどろ》いていたものの、空戦経験は一度もない。「戦地帰り」の気迫に満ちた言葉に対し、ではどうすれば戦果を挙げられるかと、理性で対抗できるだけの案を持つ者もいなかった。

すでに特攻は海軍の既定路線であり、「人間魚雷」の開発も始まっている。しかも航空特攻の構想まで浮上している。もはや「人間爆弾」のアイデアが出てくることは時間の問題だった。あとは誰が最初にそれを言い出し、誰が最初に命令を下すかである。

『戦史叢書』によると、唯一の懸案は、「⑥(回天)」や「④(震洋)」の場合は、命中前に搭乗員を海中に脱出させる方法を考慮する余地があった(実戦に当たっては断念された)のに対し、航空機による体当たり攻撃ではそれが百パーセント不可能なことだった。最初から人の死を前提にした戦法で、だからこそ軍令部も航空本部もそれまで採用をためらっていたのだ。

戦争で軍人が死ぬことはやむを得ない。だが、「死」はあくまで任務遂行の結果であって手段ではない。たとえ指揮官であっても部下に死を命じることはできない、というのが近代軍隊の常識である。「決死」の作戦ならば許されるが「必死」の作戦は許されない。そのうえで、命令は、実行可能なものでなければならない。

だから、回天が黒木中尉、仁科少尉という若手士官が考案したものであったように、上から死を命じるのではなく、「現場の将兵が発案」した体当たり兵器を「自ら乗っていくという熱

意」に動かされ、やむにやまれず採用する、つまり下からの自然発生的な動きから始まったという流れになることは、上層部にとって好都合だった。

海軍は、大田がじっさいに「人間爆弾」に乗って死ぬことよりも、歴戦の搭乗員による、

「私が乗っていきます」

という、開発の引き金を引く言質を必要としていたのではないだろうか。

大田正一がもたらした「グライダー爆弾」（人間爆弾）の着想は、すぐに航空技術廠から航空本部へとまわされた。航空本部では、総務部第二課で将来機の技術開発を担当する伊東祐満《いとうすけみつ》中佐が窓口となり、改めて大田の話を聞いた。

伊東も、桜花採用のいきさつについては長く口を閉ざしていたが、一九八二年（昭和五十七）七月、旧海軍・海上自衛隊の親睦機関である水交会の機関誌「水交」三四三号に回想記を寄稿している。一九八八年十月三十一日に亡くなる六年前のことである。

〈大田特務少尉が持ち込んだ新案兵器案を聞いた私の感想は次のようなものであった。

「これは部外で相当に研究されたものらしい」（中略）

私は、大田氏が操縦者で有る無しを質《ただ》さなかった。大田氏自身が操縦者であり己が真っ先に乗る立場に立ちうる者でなくして、必死兵器を申言出来る筈《はず》がないと思い込んでいたからであ

る。誠に迂闊千万《うかつせんばん》であった。私は操縦者の意志の代表として、彼の発案の実現促進に努力する腹を決めた〉

かつて飛行艇の名パイロットだった伊東が、大田が操縦員か否かをたださなかったのはいささか不自然にも感じられるが、おそらく大田の話しぶりには、人が心を動かされるだけの熱情と迫力がこもっていたのだろう。伊東中佐は、航空本部総務部第一課長・高橋千隼《ちはや》大佐に大田の案を報告した。高橋は伊東に、軍令部の意向をただすよう指示、伊東は、海軍兵学校で一年後輩にあたる軍令部第一部の源田実中佐に連絡をとる。

源田の動きは早かった。まず、大田の着想を上司の軍令部第一部長・中澤佑少将に報告し、裁可を受けたうえで、第二部長・黒島亀人少将に伝えた。特攻兵器を自らも考案し、その実現に執着していた黒島が、「人間爆弾」の開発を積極的に承認したのは言うまでもない。源田はさらに八月五日の軍令部会議でその構想を発表し、新任の軍令部総長・及川古志郎大将からも採用許可をとりつけた。

軍令部の方針は、源田からふたたび航空本部の伊東中佐に伝えられ、航空本部長・塚原《つかはら》二四《にし》三《ぞう》中将の裁可も得た。航空本部はこの兵器に、発案者大田の名をとって「(大)部品」と仮名称をつけ、空技廠に研究試作を命じた。八月十六日のことである。空技廠では(大)に「ＭＸＹ７」の試作番号をつけ、三木技術少佐が機体設計にあたり、さしあたって十月末までに試作機一〇〇

機を完成させることとした。八月十八日、軍令部の定例会議で、黒島は「火薬ロケットで推進する㊅兵器」の開発を発表している。

ここで名称が「㊅部品」から「㊅兵器」に変わり、大田の試案にあった呂号薬による液体燃料ロケットは、より簡便で、すぐに実用可能な火薬ロケット（固体燃料ロケット）に変更された。いまだ実験中の呂号薬ロケットは性能が安定せず、燃焼試験中にしばしば爆発事故を起こしていたからである。

もはや「人間爆弾」の発想は大田正一という一介のノンキャリアの手を離れ、海軍全体を動かす大方針となったのだ。

軍令部内で㊅の開発が公のものになった八月十八日、大田は海軍航空技術廠付となって一〇八一空を去る。技術士官でもない大田が空技廠に配属されたのは、㊅の発案者として、技術陣にハッパをかけるためであったのではないかと、私が取材した空技廠関係者や神雷部隊の元隊員たちの間ではいわれていた。

桜花を題材にしたいくつかの本に、

「大田は、自ら桜花に搭乗するため操縦訓練を受けたが適性なしと判定された」

という主旨の記述が見られるが、たとえ桜花の操縦ができなくても、命令ひとつで母機の一式陸攻の機長として出撃させることは容易《たやす》くできたはずである。海軍がそれをしなかったのは

なぜか。これは推測になるけれども、操縦適性のあるなし以前に、桜花の発案者であり、仮名称㊅に頭文字を冠した「象徴」である大田を死なせるわけにはいかなかったのではないだろうか。後述するが、桜花の出撃が新聞各紙によって公にされた際、大田は「着想者であり製作者である」とプロパガンダの具にされている。大田が死ねば、桜花という非人道的な兵器を開発した責任を、上層部の誰かが負わなければならなくなるからだ。

第五章 出撃

◉1945年3月21日、出撃直前、敬礼する桜花隊分隊長・三橋謙太郎大尉。胸に下げた白い袋には、桜花の飛行訓練中に殉職した刈谷勉大尉の遺骨が入っている

志願者募集

各種特攻兵器の試作が決まったのを受け、海軍省の指示により、一九四四年八月上旬から下旬にかけ、第一線部隊をのぞく日本全国の航空隊で、「生還不能の新兵器」の搭乗員希望者が募集された。

筑波海軍航空隊の零戦搭乗員・湯野川守正《ゆのかわもりまさ》（当時中尉）はかつて私のインタビューに、

「尋常な手段では勝てない戦争だとは自覚していたから、有効な兵器があるならけっこうなこと、これを立派に使ってやろうと決心しました。同じ負けるにしても負けっぷりというのはあると思っていましたからね。たった一つの命、それを有効に使ってやろうという気持ちです」

と語っている。湯野川は翌日、「熱望」の意志を上層部に伝えた。

千葉県の館山と茂原の両基地で訓練中の零戦隊、第二五二海軍航空隊でも、新兵器の搭乗員募集が行われた。茂原基地では、司令・藤松達次《ふじまつたつじ》大佐より、この新兵器は絶対に生還のできないものであるとの説明があり、紙が配られ、官職氏名と「熱望」「望」「否」のいずれかを記入して翌日までに提出するよう達せられた。

先任搭乗員の宮崎勇上飛曹が、司令の言葉が終わるやいなや二、三歩前に進み出て、整列し

ている下士官兵搭乗員を振り返り、

「お前たち、総員国のために死んでくれるな！」

と、どすの利いた大声で叫んだ。間髪を入れず、「ハイッ！」と、五十数名の搭乗員の声が一糸乱れず響きわたった。彼らは全員が、その場で「熱望」として提出した。

横須賀海軍航空隊でも、体当たり攻撃法を研究していた中島正少佐の後任として飛行隊長に就任していた小福田租《こふくだみつぎ》少佐を通じて志願者が募られた。隊長室の鍵を開けておくから、志願する者は机の上の箱に志願書を入れろ、という。だが、小福田が特攻に疑問を抱いていたことがうかがえる、こんなエピソードがある。

一九四二年から四三年にかけ、ラバウルで小福田の部下として戦った大原亮治《おおはらりょうじ》（当時上飛曹）が、かつて私に語ったところでは、その晩、航空隊庁舎の廊下ですれ違った小福田に、

「大原、お前志願したか」

と訊かれ、

「いえ、まだです」

と答えると、小福田は、

「するなよ」

と独り言のように低く言い残して士官室に消えていったという。たとえ海軍省からの指示で

あっても、部下を「生還不能」の兵器に志願させることに抵抗を覚える指揮官もいたのである。

「文句を言わずにつくれ」

桜花の設計、製作は急ピッチで進められた。航空本部から口頭で示された試作計画要求は、およそふつうの飛行機とはかけ離れたものだった。(『極限の特攻機　桜花』)

一・頭部の爆弾は全備重量の約八〇パーセントとすること
二・爆弾は徹甲弾とし、信管に一〇〇パーセントの信頼度を持たせること
三・敵の戦闘機を排除して目標に到達するため、極力高速とすること
四・航続距離は、片道飛行に多少の余裕を持たせる程度とすること
五・目標を照準するに足る程度の安定性、操縦性を持たせること
六・極力小型として組立分解がたやすく、狭隘《きょうあい》な地下壕等にも多数格納し得るようにすること
七・構成材料には貴重な軽合金を排し、比較的入手の容易な木材等を用いること

この要求には着陸性能も空戦性能も入っていない。飛行機というより、有人爆弾と呼ぶのが

ふさわしかった。

ロケットは、火薬式ロケットを尾部に三基、両翼に一基ずつ装備することにした。両翼のロケットは、燃焼が終われば切り離せるよう投下装置をつけた。尾部の火薬ロケット一本あたりの燃焼時間は約九秒、両翼のロケットは四・五秒である。

主翼の長さは母機の主脚の邪魔にならないように短くし、垂直尾翼は、母機の爆弾倉の外に出すため、左右二枚とした。頭部の爆弾は一二〇〇キログラム。母機から切り離されると同時に、頭部信管の風車がまわって安全装置を外し、命中と同時に頭部と底部に装備された信管が作動、爆発する。

翼には樺《かば》材のベニヤ板を用い、重い爆弾とロケットを支える胴体のみ軽合金製とした。操縦席の背後と床には、搭乗員を敵戦闘機の機銃弾から保護する防弾鋼板を装備した。生還不能の特攻機に防弾装備を施すとは皮肉な話だが、「人間は命中する瞬間までは大切な誘導装置」ということなのだろう。計器板には、速度計、高度計、コンパス、旋回計、前後傾斜計を配し、操縦桿にロケット始動ボタンをつけた。

木製主翼部分の設計を担当した空技廠の長束《なづか》巖《いわお》少佐は、一縷《いちる》の生還の望みもない飛行機を開発することに抵抗を覚え、飛行機部長・佐波次郎《さばじろう》少将に「こんなものを作っていいのでしょうか」と反対したが、佐波少将の答えは、

「これは若い少尉が、俺が乗っていくから作ってくれといって持ってきたものなのだ。こっちからこういうものでやれと命令するために作る飛行機ではない（傍点筆者）。だから、若い人の赤誠《せきせい》も買ってやらなければいかんのではないか」

というものだった。長束は佐波に「文句を言わずに作れと言って私は叱られた」と、『人間爆弾と呼ばれて　証言・桜花特攻』（文藝春秋）のなかで回想している。

設計に着手してわずか一週間あまりで仕様がまとまり、三面図もつくられた。機体の全幅五メートル、全長六・〇七メートル、全備重量二一四〇キロである。八月二十五日、空技廠で風洞実験が行われ、さらに一式陸攻と桜花の模型を用いて、母機からの離脱実験が繰り返された。

実験の結果、滑空の最良速度は約二五〇ノット（時速約四六三キロ）、最大速度は尾部ロケットを一本噴かせて約三五〇ノット（時速約六四八キロ）と見積もられた。これは米空母が搭載する戦闘機・グラマンＦ６Ｆの最高速力三二七ノット（時速約六〇六キロ）をわずかに上回る。懸念材料となったのは航続距離で、重い桜花を搭載した一式陸攻は高度六〇〇〇メートル程度までしか上昇できないが、その高度で投下し、ロケットを次々に噴かせたとしてもせいぜい六〇キロほどしか飛べず、実用的には三〇キロが限度である。敵機動部隊の三〇キロ圏内にまで近づくということは、そこへたどり着く前に敵戦闘機の邀撃《ようげき》を受けることは避けられない。

八月下旬、航空本部は(大)を「桜花」と命名した。命名者は航空本部の伊東祐満中佐である。

『戦史叢書』によると、八月二十八日に行われた大本営海軍部の打ち合わせの席上、航空特攻の推進に前向きな源田実中佐は、桜花の開発状況と搭乗員養成の予定について詳細な説明をしている。九月上旬、早くも桜花は量産体制に入った。九月十三日、海軍省に「海軍特攻部」が新設され、大森仙太郎少将が特攻部長に就任する。「特攻」は公式に海軍の作戦方針となった。

「野中一家」

桜花の開発と並行して、部隊の編成も進められた。軍令部の要請を受けた海軍省は、九月十五日、横須賀海軍航空隊内に桜花部隊の準備委員会を置き、かねてから体当たり部隊の編成を主張していた岡村基春大佐を準備委員長、岩城邦廣《いわきくにひろ》少佐を副委員長に任命した。二五二空の長野一敏《のかずとし》飛曹長も、テストパイロットとして「隊附《たいづき》」に発令された。

岡村は、一九三二年から三八年にかけ、「源田サーカス」と並び称された編隊アクロバット飛行チーム「岡村サーカス」で名を馳せた生粋《きっすい》の戦闘機乗りで、その飾らない人柄で部下たちから慕われていた。一九四三年には蘭印（現・インドネシア）を拠点とする零戦隊、第二〇二海軍航空隊の司令をつとめ、オーストラリアのダーウィン空襲を指揮。イギリスが誇る名戦闘機・スピットファイアを圧倒している。

岩城も歴戦の水上偵察機のパイロットである。一九三八年二月二十四日には十数機の中国空軍機と空戦、一三八発もの敵弾を受けながら三機を撃墜して生還した。ボロボロに傷ついた乗機はのちに「天覧」に供され、さらに東京・原宿の海軍館で一般公開されたことでその名が知れ渡ることになった。

そんな岩城でさえ、横須賀基地の掩体壕《えんたいごう》のなかに置かれた桜花を見たときには身ぶるいしたという。これからこの「爆弾」に部下を乗せて死地に投じなければならない。岩城は心を鬼にすることを決意した。まずは、いかにして桜花の操縦訓練を実施するかの検討から始めなければならない。岩城は長野飛曹長に訓練方法の検討を命じた。

準備委員会が桜花搭乗員の訓練方法を研究している間、横須賀海軍航空隊では、桜花を吊った一式陸攻の飛行実験を行っている。

桜花を搭載するために爆弾倉の扉を撤去し、機内の床に桜花への搭乗口を設け、桜花用に信管の安全装置の風車押さえ、振れ止め金具、懸吊《けんちょう》金具、通信装置などを装備した母機仕様の一式陸攻は二四型丁と名づけられた。テストの結果、重い桜花を吊った一式陸攻の性能低下は風洞実験での予想より酷いものだった。

最高速度は通常よりも三〇ノット（時速約五六キロ）減の一八五ノット（時速約三四三キロ）にすぎず、巡航速度も約一割低下して一七〇ノット（時速約三一五キロ）となった。スピードだけ

でなく、機動性もいちじるしく低下する。実戦で編隊を組んでの飛行となるとなおさらで、のちに桜花がはじめて出撃したときの飛行速度は、現代の新幹線よりも遅い一二〇ノット（時速約二二二キロ）にすぎなかった。この鈍重な母機が、時速六〇〇キロのスピードで襲ってくる敵戦闘機の妨害を突破しなければ桜花を投下することはできない。そのためには、ぜひとも強力な護衛戦闘機隊が必要である。岩城は軍令部に源田中佐を訪ね、戦闘機の優先的な確保を要請した。

これまでの戦訓によれば、攻撃機を有効に護衛するためには、最低その四倍の数の戦闘機が必要である。出撃する一式陸攻が一八機だとすれば、必要な護衛戦闘機は七二機となる。

ただ、仮に必要最小限の護衛戦闘機を揃え、攻撃に成功したとしても、陸攻隊に相当な損害が出ることは免れない。そんな困難を乗り越えて敵艦隊の懐に飛び込むためには、母機の一式陸攻の指揮官の人選も重要である。勇猛果敢で部下の統率力にすぐれた陸攻隊指揮官――その条件にうってつけの人物として選ばれたのが、野中五郎少佐だった。

野中は、一九三六年二月二十六日、陸軍の青年将校が兵を率いてクーデターを起こした二・二六事件に加わり、拳銃で自決した野中四郎陸軍大尉の弟である。支那事変での初陣《ういじん》以来、太平洋戦争では東南アジアや太平洋の最前線で、長いあいだ陸攻隊を率いて戦ってきた。かつての部下たちが私に語ったところによると、べらんめえ口調がトレードマークだったが、茶道に

凝り、機内で茶を点《た》てて部下にふるまう風流人の一面もある。また一九四三年末のマーシャル諸島航空戦では、損害の大きい昼間雷撃を計画した航空戦隊参謀に激怒、「それなら参謀ども、一機に一人ずつ乗れ。そして戦場の勉強をしろ」と迫り、夜間攻撃に変更させたというエピソードも伝わっている。

出撃のさいは、「ものども、かかれ!」と大音声《だいおんじょう》で号令をくだし、部下たちは口々に「がってんだ!」と叫んで陸攻に乗り込む。野中の率いる陸攻隊は「野中一家」と呼ばれ、海軍のなかでもひときわ異彩を放っていた。


一九四四年十月一日、桜花特攻隊は第七二一海軍航空隊と名づけられ、司令に岡村大佐、飛行長・岩城少佐、飛行隊長・野中少佐という陣容で発足した。はじめから体当たり攻撃を前提とした特攻部隊の誕生である。

米軍のフィリピン・レイテ島への侵攻を受けて、爆弾を搭載した零戦で敵艦に体当たりする「神風《しんぷう》特別攻撃隊」が、第一航空艦隊司令長官・大西瀧治郎中将によって編成されたのは、七二一空の開隊から十九日後、十月二十日のことだった。神風特攻隊が最初に出撃したのは十月二十一日、関行男《ゆきお》大尉以下が敵艦隊への突入に成功したのは十月二十五日のことである。

大田正一(十一月一日中尉に進級)に七二一空への転勤が発令された。隊内での配置は飛行隊

長を補佐する「飛行隊士」だが、実質的には部隊と空技廠とのつなぎ役である。

七二一空の本拠は当初、茨城県の百里原《ひゃくりはら》基地に置かれ、十一月七日、神之池基地に移転した。神之池基地は練習航空隊の飛行場としてこの年四月に完成したばかりで、一八〇〇メートルと一二〇〇メートルの二本の滑走路を備えている。七二一空には岡村司令が命名した「神雷部隊」の異名《いみょう》がつけられ、隊門の右側には「第七二一海軍航空隊」、左側に司令自ら揮毫《きごう》した「海軍神雷部隊」の門札が掲げられた。

八月の志願者募集に応じた搭乗員たちにも順次、七二一空への転勤が言い渡された。彼らは、転勤してきてはじめて「桜花」を見た。なかには、爆弾に小さな翼と操縦席をつけただけの、玩具《おもちゃ》のようなその姿に落胆し、拒絶反応を示した者もいる。分隊長として着任した刈谷勉《かりやつとむ》大尉は「こんなもの、俺はいやだ」と、最初から投げ出すような態度だったと元隊員のあいだで伝わっていたし、渡部亨《とおる》（当時一飛曹）は「詐欺に遭ったようなものだった」、堂本吉春《どうもとよしはる》（当時上飛曹）は「お粗末なつくりに幻滅をおぼえた」、林冨士夫（当時中尉）も「これが決戦兵器か。帝国海軍の技術力というのはこんなものなのか、と落胆した」と、それぞれ率直な思いを、過去二十数年にわたって神雷部隊の戦友会に参加した私との会話のなかで吐露している。

つとめて前向きに受け止める者もいた。湯野川守正は、桜花をひと目見て、

「ずいぶん単純な飛行機だな」

と拍子抜けしたが、

「いまの日本にこれしかできないんだったら仕方がない。こいつでアメ公どもを地獄に叩き込んで、立派に死んでやろうじゃないか」

と決心した、と私に語っている。

桜花、空へ

十月二十三日、一式陸攻の実機から桜花ダミー機の投下実験に成功、十月三十一日、爆薬とロケットの代わりにバラストとして前部と後部に水を積み、着陸用の橇《そり》をつけた桜花練習滑空機（のちに型式名「MXY7－K1」を略してK1《ケーワン》と呼ばれた）による初の飛行実験が行われた。K1は、滑空しながら水を放出し、機体を軽くした状態で着陸する。桜花の実機と違い、着陸時の重量を少しでも軽くするために、翼にも軽金属が用いられた。機体は海軍の練習機の例に倣《なら》い、オレンジ色に塗装されている。

薄い断雲のある秋晴れの百里原基地上空、長野一敏飛曹長が搭乗するK1は、高度三五〇〇メートルで母機から投下され、重力で三〇〇メートルほど垂直に落下したのちに滑空に移り、両翼のロケットに点火した。ところが、長野飛曹長は四・五秒の完全燃焼を待たずにロケット

を切り離してしまう。二基のロケットは、不規則に回りながら落下して、飛行場の真ん中に突き刺さった。これは、ロケットの火薬が左右均等に燃焼せず、機首が左右に振られて長野が危険を感じたためだった。そのあとの滑空はきわめて順調で、Ｋ１は放出する水煙を勢いよく噴きながら、随伴する岩城少佐操縦の零戦を振り切って加速する。地上から見てもその様子は壮観だったという。Ｋ１はキーンという金属音を響かせ、飛行場上空を一周したのちみごとに着陸、飛行場の端で停止した。投下から着陸まで、約三分三十秒だった。

地上からこの様子を見守っていた設計者の三木忠直は、自動車で着陸地点に急行、風防を開いて降りてきた長野飛曹長の手を思わず握った。

〈関係者一同は手をにぎり合って喜んだ。これは特攻機という観念をはなれて、航空技術界はじめてのこの計画が夜を日についで幾度か徹夜ののち、わずか二ヵ月余という短期間に、しかも設計どおりにいった時の、あの技術者としての無上の喜びの一瞬である〉

と率直な感慨を、三木は書き残している。（『神雷特別攻撃隊』山王書房）

初飛行の結果から、両翼のロケットは装備しないこととなり、以後、桜花のロケットは尾部の三基のみとなった。十一月十三日、Ｋ１による操縦訓練が本格的に開始される。この日、新たに航空本部長となった戸塚《とつか》道太郎《みちたろう》中将の視察のもと、母機を離れた刈谷大尉操縦のＫ１が、

高度二〇〇メートルほどのところで急に機首を持ち上げたかと思うと失速、墜落した。刈谷大尉は操縦席から引き出されたが、全身打撲で二時間後に絶命した。

原因は、バラストの水タンクの操作を間違え、前部の水を先に放出したためにバランスを崩した操縦者の操作ミスだった。こののちK1の訓練は、重量バランスが実戦とは違ってしまうことに目をつぶって、水を積まずに行うことになる。

十一月二十二日には、長野飛曹長の操縦で、ロケットを噴射して三五〇ノット（時速約六四八キロ）までの増速飛行実験に成功。これで一応、設計どおりの性能が発揮できることは確認された。

訓練でK1を操縦した搭乗員たちの感想はさまざまである。K1の搭乗訓練を受けた林富士夫は、私に次のように語っている。

「母機からK1に乗り込むとき、床の蓋を開け、四角い穴をくぐって降りていくんですが、暗くて気流が渦巻いていて、まるで地獄に降りていくような気がしました。母機から離れたときはストーンと落ちてゆく感じで、身体が浮き上がるようなマイナスGがかかり、一瞬、K1の床の塵や埃がわっと舞い上がる。ここで搭乗員があわてて操縦桿を引かないよう、操縦桿が真《さな》田紐《だひも》で固定されてるんですが、それを解いて、速度が二五〇ノットになるのを待ってゆっくり操縦桿を引く。舵の効きは悪くないが、零戦ほど効くというわけではない。しかし、思ったほ

ど悪くないと思いました」

いっぽう、湯野川守正はより積極的に桜花の操縦性を評価している。

「一式陸攻からハシゴを伝ってＫ１の操縦席におさまると、風防を閉め、ベルトを締めて各部を操作し、異常なければ『・《ト》―《ツー》―《ツー》―《ツー》・《ト》』（「整備よろしい」の「セ」）と、モールス信号の電信音で母機に合図を送る。高度三五〇〇メートル、投下のタイミングがくると、母機から『・《ト》・《ト》・《ト》―《ツー》・《ト》』という信号が届き、最後の短符が耳に届くと同時に、Ｋ１は母機から切り離される。乗り込んだときは、操縦席の周りは爆弾倉《ばくだんそう》で薄暗く、あまりいい気はしませんが、投下されてガーッと機首を突っ込み、滑空に移って二五〇ノットの高速で操縦桿を動かしてみたとたん、これはいい！　と思った。舵の効きがいいし、すばらしく操縦しやすい。零戦のようなエンジンのある飛行機だと、急降下するとどうしても機首が浮いてしまいますが、桜花（Ｋ１）は自由自在、思ったところへきちんと持って行けるんです」

だが、保田基一《やすだきいち》（当時一飛曹）のように、

「落ちるだけですから怖かった。滑空のスピードも違いますしね。Ｋ１に二度は乗れません。あれで二度訓練をするぐらいなら、いっそ出撃して死んだほうがいい」

と語った人もいる。隊員のなかには「空飛ぶ棺桶」と自嘲する者もいたという。

Ｋ１での人身事故は終戦までの九ヵ月のあいだに四件、うち死亡事故は刈谷大尉をふくめ二

件で殉職二名。海軍航空隊の事故による殉職者の総数は、一九四四年が四七六名、一九四五年が六一一名だから、他の機種に比べてけっして多くはない。K1による殉職者数は全体の〇・二パーセントにすぎないが、じっさいの事故の件数よりも、投下直後に数百メートルも落下し、滑空に入るまでがきわめて不安なこと、エンジンがないために着陸に失敗したらやり直しが利かないことが、搭乗員に与えたプレッシャーは大きかった。

K1による訓練は各人一回のみで、それが終われば、あらゆる作戦に対応できる「技倆《ぎりょう》A」とみなされた。つまり、たった三分半の訓練飛行の次は、重い弾頭を装着した桜花で「本番」の出撃を迎えることになるのだ。

十一月二十五日には桜花隊の分隊編成が行われ、第一分隊長・平野晃大尉、第二分隊長・三橋《みつはし》謙太郎《けんたろう》中尉、第三分隊長・湯野川守正中尉、第四分隊長・林冨士夫中尉の四個分隊となった(三橋、湯野川、林の三名は十二月一日付で大尉となり、三橋大尉戦死後、新庄浩大尉が分隊長になる)。

分隊長は、出撃のさいには、自ら桜花を操縦して敵艦に体当たりする立場の指揮官である。五三名の搭乗員を預かる分隊長となった湯野川は、十二月一日、海軍兵学校のクラスメートでもある三橋大尉とともに、連合艦隊司令長官・豊田副武《とよだそえむ》大将からじきじきにフィリピン・レイテ島沖の敵艦隊への体当たり攻撃の内示を受けた。予定期日は十二月二十三日。そのため、辻《つじ》巌《いわお》中尉以下、七二一空の桜花整備員一一名がフィリピンへ先発する。

湯野川の回想――。

「出撃はもとより望むところ。三橋が、『あと二十三日の命か。どうする?』と笑いながら話しかけてきたのを憶えています。ところが、私たちが乗るはずの桜花を輸送途中の空母『信濃《しなの》』と『雲龍《うんりゅう》』が、相次いで米潜水艦の魚雷を受けて撃沈され、もう一隻の空母『龍鳳《りゅうほう》』は、目的地を変更して台湾の基隆《キールン》に五八機を輸送したもののフィリピンまで運べず、作戦は中止になってしまいました。先発した整備員たちはフィリピンに残され、陸上戦闘で全員が戦死しました。あれは気の毒だった……」

「信濃」が沈没したとき生存者の救助にあたった駆逐艦「濱風《はまかぜ》」水雷長・武田光雄が私に語ったところによると、「信濃」に搭載されていた五〇機の桜花は、弾頭が取り外された状態で飛行甲板上に繋止《けいし》されていたために機体が海面に浮き、それにつかまって救助された者が多かったという。「人間爆弾」が、はからずも救命具となって人命を救ったのだ。

フィリピンを手中におさめた連合軍が、次に攻めてくるのは台湾、あるいは沖縄にちがいない。きたるべき戦いに備えて、神雷部隊の主力は、一九四五年一月下旬、神之池基地から九州の鹿屋《かのや》(鹿児島県)、出水《いずみ》(同)、築城《ついき》(福岡県)、大分(大分県)、次いで宇佐(同)などの航空基地に移動した。分散したのは、一度の空襲で全滅するのを防ぐためである。K1の投下訓練を

終えた桜花隊員の多くはこのとき九州に進出、ただちに特攻出撃待機に入った。

また、神之池基地に残留した部隊は、二月十五日付で第七二二海軍航空隊（龍巻《たつまき》部隊）として独立し、桜花搭乗員の養成部隊となった。新たな搭乗員をここで訓練し、九州の前進基地に補充するのがその任務である。大田正一はこのとき、七二一空から七二二空に異動、引き続き神之池基地で勤務することになる。

全滅

一九四五年三月二十一日午前十時――。

鹿児島県の鹿屋基地北西側にある飛行隊指揮所前に、五〇〇名を超える隊員が整列している。指揮台を中心にコの字型に並ぶのは、分隊長・三橋謙太郎大尉以下一五名の桜花搭乗員と、野中五郎少佐以下、一式陸攻一八機の搭乗員一三五名、それに護衛戦闘機隊の零戦搭乗員、整備員、兵器員などである。この日、索敵機からの敵機動部隊発見の一報を受け、七二一空（神雷部隊）の桜花特攻隊がはじめて出撃することになったのだ。

司令・岡村基春大佐は指揮台の上に立ち、航空母艦四隻からなる敵機動部隊が足摺岬南方三〇〇浬《かいり》（約五五六キロ）にあり、南東方向に向け航走中であることを説明したうえで、

「本日の攻撃はなかなか容易な攻撃ではない。しかし断じて行えば鬼神《きじん》もこれを避く。諸君のその殉国の熱情を以てすればいかなる困難も突破できるのだ。必ず成功する。

皆はこれからあの世へゆくが、これまで現世であったときと同様に清く、美しく、元気で明朗であってくれ。皆の戦友も、私もいずれあとからゆくが、この世の縁をいつまでも忘れないでくれ。では、元気で征《ゆ》け」

と訓示した。続いて、この日の出撃で総指揮官をつとめる野中五郎少佐が、司令にかわって台上に立った。飛行服、飛行帽姿に軍刀をさげた小柄な体軀の野中は、隊員たちを睨むように見渡して、しばし無言ののちおもむろに口を開いた。

「ただ今から敵機動部隊攻撃に向かう。敵情および目標は、ただいまの司令の話のとおりである」

『海軍神雷部隊』（前出）によると、野中の言葉からは、いつものべらんめえ口調は消えていた。そして、「進撃高度三〇〇〇メートル、速度一二〇ノット（時速約二二一キロ）、進路一六〇度（南南東）、攻撃開始約三〇分前に桜花隊員は桜花に搭乗、攻撃開始時刻は十四時頃の見込み、無線封止」……などの注意をこまごまと与え、

「まっすぐに猛襲を加える。空戦になったら遠慮はいらぬから全部叩き墜とせ。戦場は快晴だ。戦わんかな最後の血の一滴まで、太平洋を血の海たらしめよ」

と結んだ。さらに、護衛戦闘機隊指揮官・神崎國雄《かんざきくにお》大尉より、鹿屋基地から出撃する三二名の戦闘機隊搭乗員に、護衛方法の説明とともに、

「なんとしても陸攻隊を守れ！　腕で守れなかったら身をもって守れ」

との言葉があり、最後に桜花隊指揮官・三橋謙太郎大尉が、

「いまさら言うことはない。みな、一緒に行こう」

と締めくくった。

「かかれ！」

の号令で、隊員たちはそれぞれの乗機に向かう。見送りに出ていた索敵機の飛行隊長・金子《かねこ》義郎《よしろう》少佐が野中に駆け寄ると、気づいた野中は右手を差し出して握手を求め、

「今日は湊川《みなとがわ》だよ」

と、短く言い残して機上の人となった。「湊川」とは、南北朝時代の一三三六年、摂津国湊川（現・神戸市）で、南朝・後醍醐《ごだいご》天皇方の武将・楠木正成《くすのきまさしげ》軍が、圧倒的に優勢な足利尊氏《あしかがたかうじ》軍と激突、正成が討ち死にした故事を指す。野中は、勝ち目のない戦いと知りながら戦いに臨んだ楠木正成に、自らの出撃前の心境をなぞらえたのだ。


鹿屋基地を発進した一式陸攻は一八機、うち一五機に桜花を懸吊している。残りの三機には

電探《でんたん》（レーダー）を装備、敵艦を捜索しつつ編隊を誘導することになっていた。

しかし、桜花隊を護衛するべき零戦隊は、三日前の三月十八日、九州に来襲した敵機との戦いで戦力を消耗していて、「最低七二機が必要」とされていた予定の機数が揃えられない。これでは敵戦闘機の邀撃《ようげき》を受けた場合、敵艦隊に取りつくことすらおぼつかないだろう。岡村司令は無理な出撃は避けたいと考え、第五航空艦隊参謀長・横井俊之《よこいとしゆき》大佐を通じて司令長官・宇《う》垣纏《がきまとめ》中将に出撃の見送りを進言したが、宇垣は、

「いまの状況で桜花が使えないのなら、使うときがないよ」

と、岡村の進言を一蹴した。

用意された零戦は五五機。だが、鹿屋基地を離陸した三二機のうち二機は、離陸直後に空中衝突して墜落、一一機は、胴体の燃料タンクを使っての離陸後、増槽《ぞうそう》（航続距離を延ばすための落下式燃料タンク）に切り換えたところ、燃料の吸い込み不良のため引き返す。増槽の工作精度が悪かったのだ。隣の笠野原《かさのはら》基地からは二三機が発進する予定だったが準備が間に合わず、出撃できたのは一一機にすぎなかった。結局、護衛戦闘機は鹿屋からの一九機と笠野原からの一一機、全部で三〇機ということになる。

十分な護衛戦闘機を持たないまま出撃した神雷部隊は、敵機動部隊までの距離、推定五〇～六〇浬（約九三～一一一キロ）の地点で、精密なレーダーと無線誘導で待ち構えた米戦闘機グラ

マンF6F約五〇機の襲撃を受け、陸攻一八機全機が撃墜された。この日の戦死者は、桜花隊が三橋大尉以下一五名、陸攻隊は野中少佐以下一三五名、零戦隊の漆山睦夫《うるしやまむつお》大尉以下一〇名、計一六〇名に達した。

「桜花」初の攻撃は無惨な失敗に終わった。出撃の前の晩、大分県の宇佐基地にいた桜花隊分隊長・林冨士夫大尉は電報で野中少佐に呼び出され、一式陸攻に乗って鹿屋基地に飛んだ。従兵《じゅうへい》に案内されて司令部の建物の奥にある薄暗い一室に入ると、そこには野中と七二一空通信長・佐伯洋《さえきひろし》少佐が待っていた。明日の出撃のことをまだ知らない林に野中は言った。

「岡村司令が出撃を引き受けてきちまって、戦闘機もろくにねえっちゅうのに、あのオッチョコチョイめ。もうどうしようもねえや。俺は腕っこきを集めていく。うまくいったらめっけもんだがそうはいくまい。おそらく全滅だ。林よ、特攻なんてぶっ潰してくれ」

だが、そんな野中の「遺言」もむなしく、特攻はその後も続けられる。

四月一日、米軍は猛烈な艦砲射撃ののち、沖縄本島南西部の嘉手納《かでな》付近に上陸を開始。日本軍は、一八万二〇〇〇名の米上陸部隊にほとんど無傷のまま上陸を許した。この日の未明、沖縄沖の敵艦隊に向けて六機の一式陸攻が桜花を抱いて二度めの出撃をしたが、悪天候と米軍の夜間戦闘機に阻まれ、またしても全滅した。

三月二十一日の初出撃以後、沖縄戦が事実上終結する六月二十二日までのあいだに、桜花の

出撃はのべ一〇回におよび、米側記録との照合で、駆逐艦一隻を撃沈、六隻に損傷を与えたことが判明しているが、七二一空は、桜花搭乗員五五名をふくむ七一五名もの特攻戦死者を出した。地上の整備員や、悪天候、事故、不時着などによる特攻以外の戦死、殉職者一一四名を合わせると、神雷部隊の戦没者は八二九名に達する。沖縄に上陸後、未使用の桜花を手に入れた米軍は、この兵器に「ＢＡＫＡ　Ｂｏｍｂ」（バカボン＝馬鹿爆弾）と名づけた。

報道

桜花の存在とその出撃が大本営からはじめて国民に知らされたのは、五月二十八日、午後七時のラジオニュースでのことだった。

それまでにも、五月二日の新聞各紙に四月二十七日リスボン（中立国を宣言していたポルトガルの首都）発同盟通信（戦後解体され、時事通信、共同通信などになる）の配信記事として、〈飛行士の操縦する恐怖のロケット爆弾　わが新兵器沖縄戦に出現〉との見出しで、桜花の存在を匂わせる外電のベタ記事が掲載されたことがあったが、桜花の詳細については初出撃から二ヵ月以上ものあいだ、国民に伏せられていた。

五月二十九日の朝日新聞（五月二十五日の東京空襲による印刷工場被災のため、読売報知、東京新

聞との共同紙面）には、
〈ロケット弾に乗って　敵艦船群へ体当り　本土南方沖縄周辺　神鷲《かみわし》三百卌二《さんびゃくさんじゅうに》勇士〉
との四段の大見出しのもと、一面の半分以上を割いて、神雷部隊の出撃の模様と四月十四日の第四次桜花出撃までの特攻戦死者三三二名の氏名が掲載された。二面にも、出撃前の一式陸攻と見送る隊員たちの写真が掲載されている。この時期の新聞は、用紙不足のため一枚で表裏二面のみだった。桜花の呼称は、新聞、ラジオでは終戦まで一貫して「神雷」あるいは「神雷兵器」とされている。だが、第一回の出撃が、敵に一矢も報いることなく全滅に終わったことにはいっさい触れられていない。
　翌五月三十日、毎日新聞は二面の一二段を費やし、神雷部隊の三本の記事で大特集を組んだ。その目玉記事が、
〈魂と科学の一体　「神雷」生みの親・三木少佐〉
と題し、桜花を設計した三木忠直技術少佐への独占インタビューだ。
〈マリアナから比島を指向する敵企図が漸《ようや》く露骨化しつつある昭和十九年夏であった、ドイツのＶ１号に呼応してわがロケット兵器の研究また全力をあげて行われていた。しかしＶ１号の目標は地上の面であるが、わが目標は空母、戦艦、輸送船等海上の点である。この点目標に対して一発必中の成果を収めるにはＶ１号の如く無人機では到底不可能である。どうしても人

の手を借りねばならない。いまでこそ必死必中の特別攻撃相次いでいるが、当時は未だ必死必中など考えられずここに悩みがあった。この悩みを解決したのが大田中尉（当時少尉）である。

『比島に敵上陸は必至である、これを上陸以前に海で叩かねばならぬ、必死必中の体当りになし、V1号に人間が乗って行くこと、先《ま》ずわしが乗って行く』

と烈々の至情を吐露し中尉の熱情は遂に容れられて、肉弾ロケット機の設計製作は開始された。（中略）

実に日本独特の大和魂と科学技術の一体化こそ必勝の鍵である。かくて「神雷」は相次いで出撃した。生みの親三木技術少佐は、

『八木前技術院総裁もいわれたようにわれわれは必死でなく必中の兵器を作らねばならない、神雷の設計をなしつつ、これに乗る特攻勇士のことどもを思って胸せまり、これら勇士に報ゆる道は必死でなくせめて決死必中の兵器を作り出すことだと心中固く誓った、神雷にしても大田中尉が原案を持参したからこそ設計製作したのです、この気持はお判りでしょう』

と技術者らしく語るのだった〉

桜花の発案者は大田だが、「生みの親」は設計者の三木忠直だと目されていたことがわかる。

「大田中尉が原案を持参したからこそ設計製作した」「必死でなくせめて決死必中の兵器を」――などの言葉に、技術士官としての三木の忸怩《じくじ》たる思いが込められているのかもしれない。

文中の「八木前技術院総裁」とは、電気工学を専門とし、簡単な構造でありながら高性能な「八木アンテナ」を発明した八木秀次博士のことである。八木はこの年一月、衆議院予算委員会での質疑で、

「必死でなく必中の兵器を生み出したいが、その前に必死必中の神風特攻隊が出動する戦局になったことは慙愧《ざんき》にたえない」

という趣旨の発言をしていた。

三木技術少佐へのインタビューで毎日に後れをとった朝日と読売報知は、翌五月三十一日の二面で、大田正一への取材記事を掲載した。過熱報道というべきか、いまでいう〝スクープ合戦〟である。

朝日新聞は、

〈搭乗員の契《ちぎり》も固く　産声《うぶごえ》あげた神雷機　歴戦の海鷲が苦心の創案〉

の見出しで、記事には大田の顔写真も入っている。

〈某航空隊基地にて訪ね当てた神雷機の着想者であり製作者である大田正一中尉は、いかにも〝歴戦の海鷲〟という言葉にぴったり合うような、活淡《かったん》、磊落《らいらく》な偉丈夫であった〉

さらに、読売報知の記事には、大田自身のコメントが追加されているのが目を引く。

「命中率九十九パーセント一発轟沈《ごうちん》という今次大戦中最高の新兵器は、皇国将兵の尽忠《じんちゅう》大義

に生きるという魂《たましい》があって初めて製作出来る。科学者達には特攻兵器の原理とかその他の概念とかいったものはとっくの昔にわかっている。ただ自分がその兵器の実施者ではないということに躊躇《ちゅうちょ》していたのだ。だが戦局はもはやかかる躊躇などしているときではない、そういう時代ではない」

川端康成の約束

続いて朝日新聞は、のちに日本人初のノーベル文学賞を受賞する作家・川端康成《かわばたやすなり》の談話を掲載した（六月一日の第二面）。当時四十五歳、すでに『伊豆の踊子』『雪国』など数々の作品で文学界に確固たる地位を築いていた川端は、佐官待遇の海軍報道班員として、流行作家の山岡荘八らとともに四月二十四日から鹿屋基地に滞在した。約一ヵ月の間、死を目前にした神雷部隊の隊員たちとともに過ごした川端は、五月二十四日に鎌倉の私邸へ戻ったばかりだった。

以下、川端の談話記事を引用する。

〈親飛行機の胴体に抱かれて行く、いわば子飛行機のこの神雷兵器は小さな飛行機の型をしていて色彩も優美で全く可愛い、ところが敵艦発見と同時に猛然と親の懐《ふところ》を離れて神雷兵器は一瞬にして凄まじい威力を持つ特攻兵器となる。ロケット推進によっておよそ人間の身体が耐

え得る極限に近いといわれる快速力をもってわが特攻勇士の操縦の下に全く稲妻の如く敵艦に襲いかかり、強力な炸薬頭をもって必ず轟沈《ごうちん》させてしまう。（中略）

したがって敵がこの神雷を恐れることは非常なものだ。身の毛もよだつといっているというが、その通りだろう、神雷さえ十分に威力を発揮できたらすべての敵艦はことごとく葬り去られ神風の再現ができる、いまや神雷による敵撃滅の勝機が我々の眼前にある。だがそのためにはわれわれは決死の覚悟をもって生産をやらねばならない。（中略）

飛行機を作れ、飛行機を作れ、神雷による勝機は今眼前にある、必勝を信じて神雷にまたがり、淡々と出撃する勇士に恥ずかしくない心を持って生産戦に戦い抜こう、爆撃に断じて屈するな、私は心からこうお伝えしたい〉

記者がまとめ当局のチェックを受けたうえでの談話記事だから、この記事がはたして川端の本心を表しているのか、あるいは本心は別のところにあったのかどうかはわからない。

ただ、川端は鹿屋基地で、彼を信奉していた学徒出身の神雷部隊要務士・鳥居達也少尉候補生に、

「生と死の狭間《はざま》で揺れた特攻隊員の心のきらめきを、いつか必ず私は書きます」

と約束していたという。

二〇二二年に多胡吉郎が著した『生命《いのち》の谺《こだま》　川端康成と「特攻」』（現代書館）によると川端

は、〈戦後、自身の「特攻」体験を引きずり、癒やしがたい心の傷として抱え〉、鹿屋における「特攻」体験を綴った短編小説『生命《いのち》の樹』（一九四六年）、特攻隊で戦死した若者との愛の記憶に苦悩する女性をヒロインにした長編小説『虹いくたび』（一九五〇〜五一年、「婦人公論」に連載）などの作品を書いた。一九五五年八月の『新潮』に寄せた「敗戦のころ」と題したエッセイのなかで川端は、

〈私は特攻隊員を忘れることが出来ない。あなたはこんなところへ来てはいけないという隊員も、早く帰った方がいいという隊員もあった。（中略）飛行場は連日爆撃されて、ほとんど無抵抗だったが、防空壕にいれば安全だった。沖縄戦も見こみがなく、日本の敗戦も見えるようで、私は憂鬱で帰った〉

と記している。

「あんな粗末なものになって申し訳ない」

神雷部隊が沖縄方面へ出撃を繰り返している間も、大田正一は神之池基地と空技廠を往復しながら桜花の改良に奔走している。

三木忠直をはじめ、技術者や工員が突貫作業で完成させた桜花だが、大田はその出来栄えに

満足していなかったようだ。桜花隊分隊長だった林冨士夫はかつて私に、
「ある日大田が、あんな粗末なものになって申し訳ない、と言いにきました」
と語っている。

一・二トンの弾頭を装備する桜花は、敵艦に命中しさえすれば、その威力は二五〇キロや五〇〇キロ爆弾を積んだ通常の特攻機の比ではない。だが、いかんせん母機の一式陸攻の速度は遅く、桜花の航続力は短く、攻撃地点までたどり着くことさえままならない。

そこで、母機をより高速で軽快な、新鋭の陸上爆撃機「銀河」（設計者は桜花と同じく三木忠直）とし、弾頭重量を半分の六〇〇キロに減らし、ロケットの代わりに「ツ11」と呼ばれるモータージェットエンジン（レシプロエンジンを用いて圧縮機を駆動し、燃焼室内に燃料を噴射する）を搭載する新型の開発が進められた。滑空だけでなく自力での飛行を可能とし、炸薬量を減らすかわりに航続距離を従来の桜花の二倍の六五浬（約一二〇キロ）に伸ばす。機体下面には増速用ロケットを一基装備し、敵戦闘機の追撃を振り切る――この新型の桜花は、従来の固体燃料ロケット装備の「桜花一一《いちいち》型」に対して、「桜花二二《にいにい》型」と名づけられた。

防衛省防衛研究所に残る資料（「桜花の試作実験に関する命令及計画書」）によると、一九四五年六月に行われた桜花二二型の各種実験のさいにも、大田は飛行作業の関係者の一員として名を連ねている。

じっさいには大田は、桜花の実験に携わる空技廠の上級幹部たちや四十数名もが結集した技術者、テストパイロットなどの添え物にすぎない。機体やエンジンの設計はもちろん、空中での母機からの離脱試験や飛行試験も、大田にはすでに手も口も出せない領域となっている。それでもなお、大田は桜花の発案者として特別な扱いを受けていた。

桜花二二型の投下実験は、無人での滑空テストのあと、K1の初飛行もつとめたテストパイロット・長野一敏少尉（五月一日進級）の操縦で六月二十六日に実施された。K1のときとちがって高度四〇〇〇メートルでエンジンを全開にしてから投下され、三〇〇〇メートルで増速用ロケットに点火、搭乗員は高度一〇〇〇メートルで落下傘降下する手はずであった。

ところが、神之池上空で母機の銀河から切り離されたとたん、桜花二二型は急に機首を上げ、銀河の腹に接触してしまう。垂直尾翼が二枚とも飛散した桜花二二型はコントロールを失い、長野少尉はかろうじて脱出したものの、落下傘が半開状態のまま地上に落下した。飛行場端の砂地に落下したとき長野には意識があり、立ち上がることもできたが、病室に運ばれ、分隊長・平野晃大尉に状況を報告したのち容態が急変、午後六時、腸内出血のため息をひきとった。桜花二二型は結局、実戦には間に合わなかった。

七月のはじめ頃、大田は「相談があるので」と、自分よりひと回りも若い七二二空の陸攻搭

乗員・竹田俊幸《たけだとしゆき》中尉のもとを訪ねた。華々しく勇壮な報道とはうらはらに、桜花特攻は犠牲ばかりが多く、六月二十二日、沖縄への最後の航空総攻撃「菊水十号作戦」で六機が出撃したのを最後に中断されていた。

竹田は『人間爆弾と呼ばれて　証言・桜花特攻』のなかでアンケートに答え、そこに大田の言葉を記している。

〈自分の発案した桜花で多くの戦友が亡くなり、大変心苦しく思っているが、神雷作戦が中止になり、残念だ。自分はまだ大きな戦果の期待できる有効な作戦だと思うので、その再開を上申したい。そして、今度は自分が桜花に乗って行く。ただ、自分が上申するのは我田引水《がでんいんすい》の感を免れないし、桜花隊には話を持ち込み難い。そこでお願いだが、陸攻の貴兄のほうから上申してもらえないだろうか。自分もそれに加わる〉

兵隊上がりの特務士官である大田より、若くとも海軍兵学校出身の正規将校である竹田のほうが、同じ中尉でも格上だし通りがいい。それを見こんでのことだと考えられるが、妙に既視感をおぼえる光景でもある。前年六月、厚木基地で若い搭乗員を集め、「有人の飛行爆弾」構想の賛同者を募ったときと似た話法ではないだろうか。

自分が考えたことを、賛同者を得た上で「多くの意見」として上層部に伝える。そして「自分が乗っていく」と言って説得する……。これが、大田の思考のクセだったのかもしれないし、

長年、海軍にいるうちに身についたノンキャリアなりの処世術だったのかもしれない。

竹田は大田の要請に応じないまま、宮城県松島基地の攻撃第七〇四飛行隊に転勤になり、その話は立ち消えになった。

自決飛行

七月二十六日、アメリカ、イギリス、中華民国の首脳が日本に向け、無条件降伏を要求する「ポツダム宣言」を発した。

日本政府は、日ソ不可侵条約を結ぶソ連の仲介による和平に一縷《いちる》の望みを託し、またポツダム宣言が天皇の地位について不確定な内容であったため、いったんは黙殺を決めた。

ところが、米陸軍のB－29が八月六日に広島、八月九日に長崎に原子爆弾を投下。九日にはソ連が再延長を拒否していた不可侵条約を一方的に破棄して満州国に侵攻、対日戦に加わり、ポツダム宣言にも名をつらねる事態になると、もはや日本には、本土決戦か、ポツダム宣言を受諾しての降伏かのいずれかの道しか残されていなかった。

日本政府は八月九日深夜から翌十日未明にかけて開かれた昭和天皇臨席の御前会議で、「国体（天皇を中心とする国家体制）の護持」を条件にポツダム宣言の受諾を決定、十日、中立国ス

イス、スウェーデン経由で連合国に伝えられた。十四日、日本政府は改めて御前会議を開き、ここでついに、昭和天皇自らの意思でポツダム宣言受諾が決定され、終戦の詔書が発せられた。

そして八月十五日。神之池基地では、「正午に陛下の重大放送がある」と、七二二空本部が置かれていた高松国民学校（現・鹿嶋市立高松小学校）と、地下壕の搭乗員宿舎前広場の二ヵ所に分かれて総員集合がかけられた。一般社会から隔絶された特攻訓練基地で「本土決戦」に備えて訓練を続け、出撃待機をしていた隊員たちは、このときまだ戦争が終わるなどとは夢にも思っていない。

多くの者は、日本に宣戦し戦争に加わったソ連に対する宣戦布告が伝えられるのだと思い、悲壮な覚悟で「重大放送」に臨んだ。ところが、じりじりと照りつける真夏の日差しの下で、ラジオから聴こえてきたのは「ポツダム宣言受諾」、すなわち日本は降伏するという、天皇の思いがけない「玉音」だった。


桜花を発案し、「私が乗っていきます」と大見得を切って技術者を説き伏せた大田正一は、最後まで桜花で出撃することなく、神之池基地で終戦を迎えた。

「玉音放送」から三日後の八月十八日――。

この時点ではまだ、「自衛のための戦闘」は認められている。大本営がすべての戦闘行動を

禁じる命令を出すのは八月十九日で、その刻限は二十二日午前零時であった。神之池基地では、連合軍が来攻したらなおも迎え撃つべく、飛行訓練が続けられていた。

午後零時半、一機の零式練習戦闘機（訓練用の複座型零戦）が突然動き出したかと思うと、酔っ払いの千鳥足のようなおぼつかない地上滑走を始めた。飛行場にいた隊員たちが呆気にとられて見守るなか、零戦はかろうじて離陸し、右主脚を半ば出したままの状態で、フラフラと鹿島灘の沖へ飛び去った。

「大田中尉だ！」

と、誰かが叫んだ。いまでは真偽のほどを確かめるすべはないが、神之池基地の隊員たちに伝わっていた話によると、白い第二種軍装姿に抜き身の軍刀を持って駐機場に現れた大田正一が、整備員に飛行機の支度を命じると、エンジンを始動する間に軍服を脱ぎ捨て、下帯姿で乗り込んで離陸していったという。

桜花隊分隊長だった平野晃は、二〇〇二年、私のインタビューに、

「私は基地の近くの高松小学校に起居していたので、そこに整備員から報告がありました。大田中尉は自室の机に遺書を残し、自分で零式練習戦闘機を操縦して海のほうへ飛んでいったと。覚悟の自決飛行であることは明らかだと思いました」

と語っている。平野によれば、大田の私室はきれいに整頓され、遺書には〈東方洋上に去

る〉と墨書されていた。

七二一空飛行長として神之池基地に着任したばかりの岡本晴年《おかもとはるとし》少佐は、騒ぎを聞きつけて急いで見張台に上がり、双眼鏡で機影を追った。大田が操縦する零式練習戦闘機は、ふらつきながら水平線上に小さくなってゆき、やがて見えなくなった。

大田正一は、こうして空のかなたへ姿を消した。

第六章

消された男

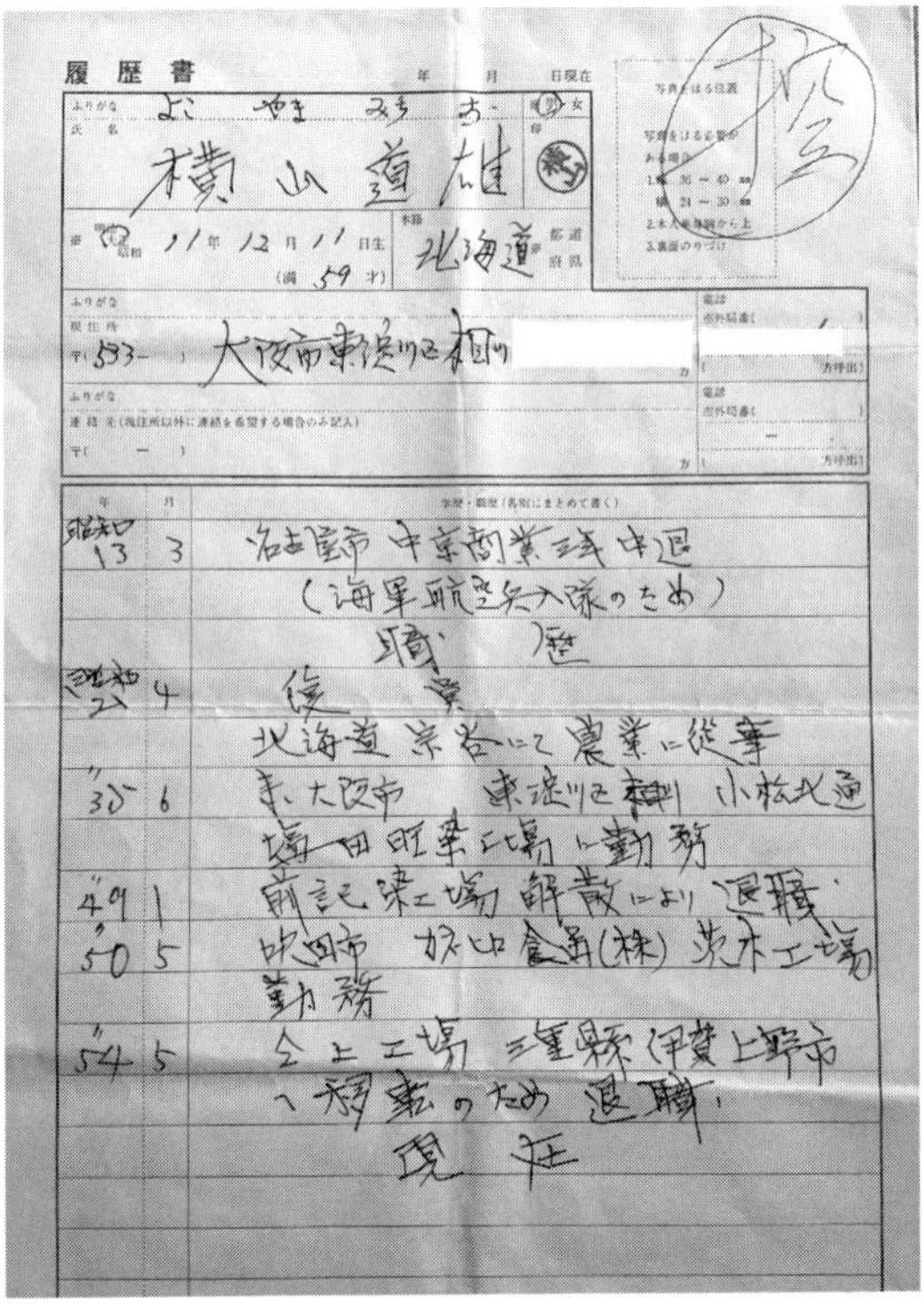
履歴書　年　月　日現在

ふりがな	よこ　やま　みち　お	男・女	
氏名	横山道雄	印	
生年月日	昭和 11年 12月 11日生（満59才）	本籍	北海道
現住所	〒533- 大阪市東淀川区相川		
連絡先（現住所以外に連絡を希望する場合のみ記入）	〒（　－　）		

年	月	学歴・職歴（各別にまとめて書く）
昭和13	3	名古屋市 中京商業 中退
		（海軍航空兵入隊のため）
		職　歴
昭和21	4	復　員
		北海道 宗谷にて 農業に従事
〃35	6	大阪市　東淀川区 相川 小松北通
		田町工場に勤務
〃49	1	前記工場 解散により 退職
〃50	5	吹田市　食品(株) 茨木工場
		勤務
〃54	5	仝上工場 三重県伊賀上野市
		へ移転のため 退職
		現　在

◉大田正一が「横山道雄」の名で1982年に書いたと思われる就職用の履歴書。名前も本籍も生年月日も架空のものだ

KAMIKAZE

大屋隆司は、父・大田正一が一九九四年十二月七日に亡くなった直後、イギリスの国営放送のＢＢＣから取材依頼を受けた。

父の容体が悪化し、まさにその命が尽きようとしていた九四年十一月、隆司は思い立って、それまで父のことを調べるために読んだ本のなかでとくに強い印象が残っていた『特攻』（講談社）の著者・御田《おんだ》重宝《しげたか》に出版社を通じて連絡をとり、父の現状を知らせた。御田は長年にわたり大田のことを調査していたが、それまで真相を摑みかねていた。御田はすぐに、歴史研究家の秦郁彦とともに隆司のもとを訪ねたが、大田はすでに意識不明の状態で、会うことは叶わなかった。

ちょうどその頃、番組で日本海軍の「特攻」を取り上げようとしていたＢＢＣから、『桜花　非情の特攻兵器』（のちに『極限の特攻機　桜花』と改題して文庫化）の著者で元海軍技術大尉の内藤初穂に協力依頼があり、内藤から相談を受けた秦が隆司のことを内藤に伝えた。……そんなルートで、内藤が隆司をＢＢＣに紹介したのだ。隆司は気乗りしなかったが、秦に「日本国内では放送されないから」と説得され、取材に応じることにした。

第二次世界大戦が、日本の降伏によって終結して五〇年の節目にあたる一九九五年、BBCが制作したドキュメンタリー番組「KAMIKAZE」が、イギリス、アメリカ、ドイツで放送された。戦況が日本の敗戦へと決定的に傾き始めた戦争末期、追い詰められた日本軍が組織的に行った敵艦への体当たり攻撃、すなわち連合軍がカミカゼ・アタックと呼んだ「特攻」について、連合国と日本、双方の当事者たちへの丹念な取材をもとにつくられたドキュメンタリーである。

BBCはこの番組のなかで、大田正一の数奇な運命についても触れている。

〈彼は、偽名で新しい人生を送っていた。これは長男が誕生した一九五二年に撮影された写真である。昨年、末期がんで入院を余儀なくされるまで、家族にさえも自分の過去の秘密を知らせることはなかったのである〉（「KAMIKAZE」より）

隆司の手元に、一九四五年九月五日付で七二二空司令・渡辺薫雄《しげお》大佐から大田正一の本籍のある名古屋市北区役所を通じ、原籍のあった山口県室津村長に通知された書類の写しが残されている。「KAMIKAZE」の取材に応じたさい、秦を通じて手に入れたものだという。そこには、次のように書かれている。

〈ウ574第2号ノ100
昭20－9－5　海軍ウ574部隊司令　渡辺薫雄
　受付　20－11－8　第5733号　名古屋市北区役所
山口県熊毛郡室津村長殿
海軍軍人死亡の件報告
海軍軍人左記の通死亡に付戸籍法第119条の規定により報告候
本籍　山口県熊毛郡室津村668番地
氏名　大田正一
出生年月日　大正元－8－23
戸主の氏名　戸主本人
官　海軍大尉
死亡の年月日　日時　昭和20－8－18、1230
死亡の場所　茨城県鹿島郡高松村神ノ池基地東方洋上
死亡の時間　昭20－8－18、1230零式練習戦闘機（722－56号）を操縦　神ノ池基地を離陸し基地東方洋上に於て試《し》飛《ひ》行《こう》中海面に墜落　機体と共に海中に没入せり　爾後《じご》極力捜索を続けたるも遂に発見するに至らず　周囲の状況よりして万生存の見込全くなきものと

認め死亡せしものと認定す〉

大田は試飛行（テスト飛行）中の事故で殉職したこととされ、九月五日付で海軍大尉に進級した。元の家族から死亡届が提出され、戸籍が抹消されたのは一九四八年八月十九日のことである。

呉地方復員部が作成した一九五六年十一月二十日付の「内地死没者名簿」には、大田の死亡区分は「公務死」、死亡の場所並びに状況は「茨城県鹿島郡高松村神ノ池基地東方海上　航空殉職」さらに「戸籍抹消済」と明記されている。

だが、大田は生きていた。神之池基地を離陸後、鹿島灘の沖に出た大田機は、海上に着水したところを操業中の漁船に救助されたのだ。大田は死の数ヵ月前、病床で隆司にこのときの模様をこう話していたという。

「鹿島灘の海に墜ちてしばらく海面に浮かんでいたら、漁船が来て助けられたんや。着水の衝撃で計器板に額をぶつけて怪我してな、鳴子《なるこ》陸軍病院（宮城県。現・大崎市民病院鳴子温泉分院）に運ばれて治療を受けた」

鳴子陸軍病院を退院した大田は、ほどなく神之池基地のあった茨城県高松村（現・鹿嶋市）

に舞いもどった。

隆司が病床の父から聞きとったメモを見ると、大田は終戦後、約一年にわたって高松村で暮らし、そのあと東京に転居し、さらに一九五〇年に大阪に出たことになっている。

しかし、大田の動きはこれほど単純なものではなかったようだ。「東京にいた」と隆司に語った約四年のあいだに、全国各地で大田の姿を見たという、かつての海軍関係者たちの証言がある。

目撃証言

二〇一六年に放送されたＮＨＫ番組「名前を失くした父」で隆司夫妻をあたたかく迎えた元桜花隊員・植木忠治が語ったように、植木は一九四七年春、佐原から神之池に向かうバスのなかで草色の第三種軍装を着た大田と偶然出遭い、

「牛を飼っている、石岡で牧場をやっている」

と近況をきかされている。植木の発言の通りであれば、大田はこの頃には神之池から北西約五〇キロの石岡で牛を追い、農作業の手伝いをしながらときどき東京に出ていたらしい。終戦直後は物資もなく、階級章をはずした軍服をそのまま普段着にしたり、軍服の生地を背広に仕

立て直して着ている旧軍人も多かった。

「石岡で牧場をやっている」という話が事実なら、高松村のあと石岡にいた可能性もある。現に常磐線で大田と会ったという関係者もいる。

支那事変当時、第十三航空隊で大田とともに戦った稲田正二は、一九九八年、私のインタビューにこう語っていた。

「終戦後しばらく経って、常磐線の車内で大田とバッタリ会った。飛行機の仲間がよく集う新橋駅西口の闇市に連れていったら、それから衣類のブローカーの仕事を始めたらしい。神之池基地を飛び立ったあと、宮城県の金華山《きんかざん》沖で北海道の漁船に拾われ、北海道で樺太《からふと》からの引揚者にまぎれて別人になりすまし、新しい戸籍をつくったと話していました」

茨城県の石岡にいたとすれば常磐線を利用するのもつじつまが合う。稲田は、私が会ったときには調布市に暮らしていたが、終戦直後は土浦に住んでいた。「金華山沖で漁船に拾われた」というのは、隆司が聞かされた「鹿島灘沖に墜ちた」という話と食い違うが、宮城県の鳴子陸軍病院に収容されたことから推測すれば、稲田に語った「金華山沖」のほうが正しかったのかもしれない。

ただ、漁船に救助されたあと「北海道で新しい戸籍をつくった」というのは大田のウソである。戦後の混乱期、北海道では樺太からの「引揚証明書」の紙きれ一枚で容易に戸籍がつくれ

たという。そういう意味ではありそうな話だが、事実としては大田は死ぬまで無戸籍のままだった。

「衣類のブローカー」の仕事の詳細はわからないが、終戦直後、いまだ衣料品は政府の統制下にあり、衣料切符がないと買えなかった。しかも合法的に買えるのは、戦時下の物資不足の頃につくられたスフ（短繊維のレーヨン糸）入りの、すぐに破れる粗悪品ばかりである。戦前からの在庫や旧日本軍、あるいは進駐軍から流出した純綿、純毛の生地には根強い人気があったが、闇の流通ルートをもつブローカーを通し、法外な金額を払わないと手に入らない、そんな時代だった。稲田によると、「一九五〇年頃を境に、大田は忽然と新橋から姿を消した」という。

稲田証言では、大田は新橋を拠点に商売をしていたかのようだが、大田はさらに思わぬところに姿を現したという話もある。

『昭和史の謎を追う』によると、一九四七年夏頃、大田は突然、元七二二空の伊藤澄夫・元中尉が勤務する札幌の北海道庁に電話をかけてきた。伊藤と大田は再会し、札幌市内の食堂で焼酎を一緒に飲んだ。伊藤は予備士官で、神之池基地で大田の自決飛行を目撃した一人である。大田が差し出した名刺には「静岡県嘱託　大田正一」と記されていた。また同書によれば、伊藤と会ったのと同じ頃、元神雷部隊の小山内《おさない》美智雄・元飛曹長が青森駅で大田と会って話し込んだという。佐原から神之池に向かうバスの車内で植木忠治と会ってからわずか数ヵ月後のこ

とである。

大田が一九八二年、「横山道雄」の偽名で書いた就職用の履歴書には、

〈昭和二十一年四月　復員　北海道宗谷にて農業に従事〉

と記されている。息子の大屋隆司によると大田は、晩酌のとき、

「戦後、北海道にもおったことがある。北海道の人は親切や。あたたかくて面倒見がよくて、どこにいっても気持ちよく泊めてくれる」

などと、しばしば懐かしそうに話していたという。末期がんで入院するまで、家族に自らの本籍地を「北海道網走郡」と称していたこともあわせて推察すると、高松村や石岡に潜伏したのち北海道に滞在したことは、おそらく事実と思われる。かつて千歳海軍航空隊で勤務したこともあり、大田は北海道の土地勘もあった。

北海道での居所は手がかりがなく不明である。私は二〇二二年六月、大田の痕跡をもとめて、本人が本籍地と称していた網走に近く、海軍航空隊のあった北海道美幌町から北見市一帯を巡り、北見市立図書館の郷土資料にも片っ端から目を通したが、収穫は得られなかった。

北海道にいたと思われる期間にも、大田は戦前に結婚した時子と子供たちが暮らす静岡に現れた。大田は時子とのあいだに一九三六年生まれをかしらに二男一女をもうけていたが、さらに終戦後の一九四七年七月に次女、一九四九年八月には三男が誕生している。

一九四七年頃、木更津駅の近くで大田と出会った元同僚の山田猛夫・元中尉は、こんな話を持ちかけられたという。（『昭和史の謎を追う』）

「中国国民政府の中日代表商震《しょうしん》の手配で、共産党軍と戦う義勇空軍パイロットを六〇〇名ほど集めていて、近く若松（北九州市）から密航して中国に渡るが参加しないか」

桜花の設計者・三木忠直技術少佐は、英BBC番組「KAMIKAZE」に出演し、大田は東京近郊に暮らす元技術士官のもとへも姿を見せ、借金を申し込んだり、桜花の性能計算を担当した旧知の鷲津《わしづ》久一郎《くいちろう》技術大尉に雨傘を借りて、そのまま返さなかったこともあったと証言している。

「密輸物資をソ連に運んでいる」

「大田が生きている」ということは、戦後数年のあいだに、元桜花関係者のあいだでは公然の秘密となっていった。

『昭和史の謎を追う』にはまた、大田の偵察練習生時代の教員で、静岡県榛原郡に暮らしていた川合誠が、戦後しばらくのあいだ、大田の家族とつきあいがあったというエピソードが紹介されている。以下、引用しよう。

〈あれは終戦の年の末頃でしたか、大田一家が（静岡県の）島田からすぐ近所へ引っ越してきたのは。つれてきた安田少佐が「大田は生きているらしいが、戦犯を心配して逃げまわっているそうだ、よろしく頼む」と言われて。

そのうち大田本人がやってきて、「今は樺太の引揚者として別の名前になっている」というので、「時子の入りムコになればいい」とすすめたら「実は他に女がいます。子供も一人」と打ちあけた。

仕事は北海道で密輸物資をソ連領に運んでいるという。見つかると射たれるが、もうかる仕事だというので、「おれにもやらせろ」「あなたのようなマジメな人には向きません」と問答したが、「とにかく家族の面倒だけはしっかりみろ」と念を押しておきました〉

この文章からは「安田少佐」なる人物が何者か、「密輸物資」がなんだったのかなど、肝心のことが伝わってこないが、ここに書かれた「実は他に女がいます。子供も一人」というのがもしほんとうなら、大田は戦前結婚した時子と、隆司の母・大屋義子との家庭のほかにもう一つ家庭を持っていたことになる。もしかすると、北海道にも女性がいて、そこに転がりこんで暮らしながら、危なっかしい密輸の仕事に手を染めていたのかもしれない。

川合証言にある「別の名前になっている」という大田の言葉から推測すると、終戦直後から大田は偽名を名乗っていたとも考えられる。同書にはまた、大田は、終戦直後から「横山」を

名乗っていたとも記されている。だが、一九四七年夏、北海道庁に伊藤澄夫を訪ねたときには本名が印刷された名刺を渡していた。自分の身元を知る相手とそうでない相手とで、二つの名前を使い分けていたのだろうか。

大田は三男が生まれる直前の一九四九年六月、「北海道へ小豆を買いにいく」と称し、大金をもって二、三人の仲間と出かけたきり、時子のもとへ戻ってこなかった。残された家族の暮らしは困窮をきわめ、川合が奔走して、生活保護を受給できるよう手続きをしたが、一時は悲惨な生活だったという。（同前）

『極限の特攻機　桜花』の著者・内藤初穂の神之池での現地調査によると、大田が時子のもとから消えたあと、神之池基地があった高松村に小さな女の子の手を引いた若い女が大田を探しにやってきた。この「若い女」は時子なのだろうか。時子であれば、「小さな女の子」は一九四七年に出生した次女ということになる。いま、神之池基地の跡地は日本製鉄の鹿島製鉄所になっていて、近くに掩体壕が一つ残っているほかは、当時を偲ぶよすがはない。

なぜ戸籍は抹消されたのか

「茨城県石岡で牛を飼っている、牧場をやっている」

「新橋の闇市につれていった。衣類のブローカーになった」

「青森で会った」

「札幌で一緒に焼酎を呑んだときに差し出された名刺には『静岡県嘱託』となっていた」

「戦後も静岡に在住していた時子のもとに戻り、子供を二人つくった」

「木更津駅近くで会ったら、中国に渡って中国共産党軍と戦う義勇軍パイロットになろうと誘われた」

「東京近郊に住む元技術士官を訪ね金を無心した」

「北海道で密輸物資をソ連に運んでいる」

時系列があいまいな部分もあり、どこまでがほんとうのことなのか、いまとなっては確かめようがないが、一九五〇年、大屋義子と出会い横山道雄の名で大阪に定住するようになるまでの大田は、さまざまな仕事に手を出し、実名と偽名を使い分けながら、各地を転々とする生活だったことは確かだろう。


不思議なことは山ほどある。

たとえば、家族から死亡届が提出され、戸籍が抹消されたのが、一九四八年八月十九日だというのも不自然な点である。すでに海軍から死亡認定がされているとはいえ、前年に生まれた

ばかりの幼子をかかえた時子が、大田が生きていると知っていながら自らの意思で夫の戸籍を抹消するものだろうか。常識的に考えれば話は逆であろう。しかもその翌年にはもう一人の子が生まれているのだ。――そう考えれば、死亡届を出したのがほんとうに時子だったのかという疑問も残る。

大田が死亡したまま、幽霊のように生きることを選んだのは、妻子に遺族年金を受給させるためとみる在野の戦史研究者もいる。しかし、一九四九年に大田が時子の前から姿を消した時点では、軍人恩給や遺族年金はGHQの命により停止されていて、将来どうなるか予測もつかなかった。

恩給や年金を復活させる「戦傷病者戦没者遺族等援護法」が、第十三回通常国会で可決、成立したのは一九五二年四月三十日。そのとき定められた遺族年金の金額は、妻に一万円、子は一人あたり五〇〇〇円で、しかも時子の子供五人のうち二人は大田が「死んだあと」に生まれているから、受給できるのは三人である。時子と三人の子が受け取れたのは年額二万五〇〇〇円。これは、この年の総務省家計調査年報による一ヵ月あたりの世帯(二人以上)消費支出の平均が一万七八三八円だったことと比べればいかにも少なかった。

遺族年金はその後、物価に応じて改定され額面は上がっていくものの、子は満十八歳になって最初の三月三十一日で受給資格を失うから、いずれ妻の分だけになる。遺族年金の受給と引

き換えに一家の大黒柱だった大田を亡き者とするのはまったく割に合わないことだった。

それとも、「戦犯＝戦争犯罪人」となることを恐れていたのだろうか。

だがそれも、一九四八年十二月二十三日、極東国際軍事裁判で「A級戦犯（平和に対する罪）」として裁かれた東条英機・元首相以下七名が絞首刑に処せられ、「BC級戦犯（B級・通常の戦争犯罪、C級・人道に対する罪）」容疑者の召喚、逮捕もほぼ終わっていた。特攻に携わったことを理由に罪に問われた者は一人もいないから、一九五〇年ともなれば、大田は自らが戦犯に該当しないことはわかっていただろう。名乗り出ることに大きな支障はなかったはずで、そうすれば抹消された戸籍も容易に回復できたはずである。

神雷部隊の隊員たちは、戦争が終わり、部隊が解散したとき、「三年後の三月二十一日（桜花初出撃の日）、靖国神社で会おう」と約束していて、一九四八年三月二十一日、まだ空襲の爪痕も生々しい東京・九段に全国から四十数名が参集、その後、熱海の温泉宿に場所を移して夜を徹して語り合った。一九五一年からは毎年、春分の日に慰霊昇殿参拝を行うこととし、二〇二〇年、二一年と新型コロナウイルスの感染拡大によって中止された以外は七十年以上にわたり、元隊員や遺族によって欠かさず開催されている。

しかし大田正一は、この集いにも一度も顔を出さなかった。神雷部隊関係者のあいだでは、大田は闇屋どうしの争いに巻き込まれて殺されたのだ、という噂もまことしやかにささやかれた。

もう一人の「消された」男

じつは大田のほかにも、終戦直後に「自決」したとして、別人になった桜花の関係者がいた。神雷部隊の元分隊長・湯野川守正である。音楽評論家・湯川れい子の実兄である湯野川もまた、終戦直後、零戦で基地を飛び立ったまま「行方不明」となり、一時は殉職が認定され、数ヵ月間だが名を変えて潜伏していた。しかも湯野川は、一九五一年に横浜で大田と会い、言葉を交わしたという。これが桜花関係者による大田の最後の目撃情報なのだが、私は、湯野川には生前二十年にわたって、直接会って話を聞く機会があった。以下、湯野川の証言を紹介しよう。

本土決戦にそなえて桜花隊が配備されていた石川県の小松基地で終戦を迎えた湯野川は、停戦命令が発効し、部隊が解散した一九四五年八月二十二日、小松基地指揮官・遠山安己《とおやまやすみ》大佐、陸攻隊指揮官・足立次郎少佐、第七二三海軍航空隊（七二三空）飛行長・中島正中佐から本部庁舎に呼び出された。君に新しい任務がある、受諾する決心があれば、第二徳島基地に行って七二三空司令・青木武大佐の指示を受けるように、との話だった。まだ自分が役立てることがあるならと思った湯野川は、この日の夕刻、零戦を操縦し小松基地を離陸、徳島へ向かう。

七二三空は、艦上偵察機「彩雲《さいうん》」による特攻部隊として編成されたばかりの航空隊だった。青木司令は戦闘機パイロット出身だが、大尉時代の一年間軍務を離れ、身元を偽り諜報員（スパイ）としてソ連のウラジオストクに潜入した経歴を持つ。徳島で青木大佐から湯野川に伝えられたのは、「地下に潜行してほしい」との意外な話だった。

これは軍令部で、昭和天皇の弟である高松宮《たかまつのみや》（海軍大佐）の承認を得て実行されていることだという。湯野川は、当座の潜伏資金として二万円（大卒初任給ベースで換算すると現在の約六〇〇〇万円）を渡され、次の行動については、十二月十二日十二時、山口県の正明市《しょうみょういち》駅（現・長門市駅）で伝える、という指示を受けた。潜行の目的など、具体的な話はいっさいなかった。

湯野川は、青木のアドバイスで、原爆の爆心地に近い広島市田中町十四番地を本籍地と定め、「海軍一等整備兵曹吉村実《よしむらみのる》」の名で七二三空の復員証明書の交付を受けて潜行生活に入った。同時に、湯野川大尉は小松基地を飛び立ったまま行方不明、自決したこととされ、その存在が抹消された。

山形県米沢出身の湯野川は潜伏先を決めるにあたって、自分を知る者の誰もいない山陰地方をあちこち回り、島根県温泉津《ゆのつ》町（現・大田市）役場の土木部技手《ぎて》の仕事につく。

そして十二月十二日十二時、湯野川は、青木、中島と正明市駅待合室で落ち合った。しかしこのとき湯野川に伝えられたのは、新たな密命ではなく任務の解除だった。潜行の目的や、予

定されていたはずの任務の内容については明かされずじまいであった。受け取った二万円には手をつけていなかったので、青木に返却した。湯野川は、一九四六年（昭和二十一）一月、第二復員省（旧海軍省）に出頭、本名での復員証明書を交付され、帰郷した。

湯野川が負わされた秘密任務については、同様の指示を与えられ、地下に潜った士官がほかにもいた。彼らの中には、これを将来の日本軍再建に備え、戦時を経験した軍人を温存、確保しようとしたと見る向きもあるが、そのほんとうの目的は、湯野川にも最後までわからないままだった。直接従事し、渦中にいた者でさえ全容を知らない。国家による「秘密任務」とは、本来そのようなものなのだろう。終戦後もフィリピン・ルバング島にとどまりゲリラ戦を続けた小野田寛郎《ひろお》陸軍少尉が、一九七四年、元上官から任務の解除を伝達されるまで投降に応じなかったように、内容のいかんを問わず、一度くだされた命令は解除されるまで守り続けるのが「軍人」というものなのかもしれない。

予備役特務士官の大田と、海軍兵学校出身の現役正規将校である湯野川とでは立場が違う。しかし同じ桜花の部隊で、湯野川のように上層部からの命令で存在を抹消され、偽名で生きた例がじっさいにあったのだから、大田にもなんらかの指示があった可能性までは捨てきれない。

このことについて私は、文藝春秋「本の話」で「戦士の肖像」と題する連載をもっていた二

〇〇二年、湯野川に直接疑問を投げかけたことがある。自らも偽名で生きた経験を持つ湯野川なら、大田のことについてもなにか知っているのではないかと考えたのだ。大田は自らの意志で自決しようとしたのか、湯野川のときと同じように、自決は仕組まれた狂言だったのか。それとも大田に出てこられると困る誰かによる教唆、あるいは恫喝があり、大田は死人となって生きることになったのだろうか。

湯野川はしばし黙考したのち、

「源田さんがね……」

と言いかけて言葉を呑み込んだ。そして、

「大田正一は死んだ。生きているけど死んだことになってる。……たしかに戦後、会って言葉を交わしたことはあるけどね。昭和二十六年だったか、横浜でね……。私の立場ではそれ以上は言わないほうがいいし、あなたもあまり触れないほうがいい」

と続けた。なおも私が、

「『源田さん』が逃がしたんでしょうか?」

と訊ねると、湯野川は、否定も肯定もしなかった。

湯野川は頭脳明晰、いかにも切れ者といったタイプで、ふだんからつい口が滑ったり、不用意なことを言うような人ではない。インタビューにも誠実に、かつ歯切れよく答えるのがつね

である。その湯野川がこんなふうに言葉を濁したのは、あとにも先にもこのときだけだった。湯野川とは、彼が二〇一九年に亡くなるまで何度も会い、その都度長い話をしたが、こと大田正一についてはひと言も語ることがなかった。

経歴洗浄《ロンダリング》

湯野川がふと漏らした「源田さん」とは、言うまでもなく源田実大佐のことであろう。源田は、海軍の作戦中枢である軍令部で航空特攻を推し進め、桜花の開発にも深く関与した。そして一九四五年一月、自らが提唱した戦闘機部隊・第三四三海軍航空隊(三四三空)の司令となり、軍令部を去った。三四三空は、新型の局地戦闘機・紫電改《しでんかい》で編成された精鋭部隊である。

じつのところ、参謀としての源田は、一九四二年六月のミッドウェー海戦で主力空母四隻を一挙に失ったのをはじめ、一九四四年十月の台湾沖航空戦では「敵空母の発着艦ができない台風の荒天を利用して攻撃をかける」という実現不能なアイディアをもとに敵機動部隊攻撃を強行、ほとんど戦果を挙げられないまま味方の航空兵力を壊滅状態にしたことなど、致命的な失点続きであった。三四三空は、源田自身が著書『海軍航空隊始末記　戦闘篇』(文藝春秋新社)

のなかで、
〈精鋭な部隊を率いて、思う存分に暴れ廻り、冥途の土産としたい〉
と書いている通り、これまでの失敗を帳消しにし、最後のひと花を咲かせる格好の舞台でもあった。

源田は、直接の部下である三四三空の搭乗員からは特攻隊員を出さなかった。このことについて、源田を補佐する三四三空飛行長だった志賀淑雄《しがよしお》・元少佐が一九九六年、私に語ったこんなエピソードがある。

「沖縄戦がはじまり、三四三空の主力が大村基地（長崎県）に進出していた昭和二十年（一九四五）四月下旬のことです。源田司令が考えごとをしている様子なので、『司令、なにかあったんじゃないですか？　特攻出せって言ってきたんでしょう』と訊ねました。司令は『うん』と答えたきり、私が『どうするんですか』と重ねて訊いても返事がない。

私は、特攻にははじめから反対でした。指揮官として絶対にやっちゃいけない。上に立つ者が行かずに、部下にお前ら死んでこい、というのは命令の域じゃないですよ。行くのなら長官や司令みずから行け、と。だから私は司令に、

『わかりました。もしそれしか戦う方法がないのなら、まず私が、隊長、分隊長、兵学校出の士官をつれて行って必ず敵空母にぶち当たってみせます。最後には司令も行ってくださいます

ね？ 予備士官や予科練出身の若いのは絶対に出しちゃいけませんよ』と申し上げたんです。ほんとうは私も行きたくないけど、どうしてもというなら仕方がない。司令は『よし、わかった』と言ったまま、その後この話は立ち消えになったようで、それきりなにも言ってきませんでした」

戦後、朝鮮戦争を契機にアメリカが日本に再軍備するよう迫ると、現場に復帰して航空自衛隊の制服組トップである航空幕僚長となった源田にとって、海軍軍令部で航空特攻を推進し、桜花の開発実現に尽力したという事実は、できれば消してしまいたい「汚点」だったのだろう。

源田は、航空幕僚長在職中、『海軍航空隊始末記　発進篇』（一九六一年・文藝春秋新社）、先に引用した『海軍航空隊始末記　戦闘篇』（一九六二年・同）と、自らの体験をもとにした海軍航空隊の通史とも呼べる二冊の本を続けて出版した。だが源田は、これらの本のなかで、どういうわけか特攻や桜花についてはひと言も触れておらず、もっとも力を入れているのは三四三空に関する記述である。

源田の著書がきっかけとなって、零戦の陰にかくれて無名だった紫電改という戦闘機と三四三空の活躍——のちに日米の記録を照合すると、それはほとんど幻影に近いものだったが——が一躍脚光を浴びるようになり、一九六三年一月、三四三空の戦いを描いた東宝映画「太平洋の翼」が公開される。源田司令が劇中では三船敏郎が演じる「千田司令」になっているなど、

登場人物は仮名で物語も大半はフィクションだが、この映画は娯楽大作として大成功をおさめた。劇中「千田司令」は、「特攻以外に戦うすべはない」とする大本営のなかでひとり反対意見を貫き、制空権を獲得して戦勢を挽回するため、歴戦の搭乗員を集めて精強な紫電改部隊を編成する。

こうして源田は、「山本五十六の真珠湾攻撃を成功させ、戦局が悪化したのちも、特攻という理不尽な作戦に真っ向から反対した名参謀・名指揮官だった」という世評を得た。だとすれば、作家・山崎豊子の代表作『不毛地帯』のモデルとなりその創作に協力することで、自身の経歴をロンダリングした元陸軍高級参謀で戦後、伊藤忠商事会長を務めた瀬島龍三《せじまりゅうぞう》も顔負けの印象操作に成功したのかもしれない。海軍軍令部と陸軍参謀本部は共同で作戦を練ることが多かったこともあり、源田と瀬島は、戦中戦後一貫して親密な間柄だった。

源田は『海軍航空隊始末記　戦闘篇』を刊行した一九六二年、航空自衛隊を退官し、同年七月一日の第六回参議院議員通常選挙に自民党公認で全国区から出馬、得票数第五位（定員五〇）で当選した。当時、伊藤忠航空機部で瀬島龍三の部下だった三田宏也《みたひろや》（のち伊藤忠副社長）が二〇〇七年、私に語ったところによると、このとき瀬島は、社内から選りすぐった美女三人をウグイス嬢として派遣するなどして、源田の選挙をバックアップしたという。源田は以後、四期二十四年にわたって参議院議員をつとめ、自民党政調会国防部会長などを歴任する。

一九八二年には、統一教会（現・世界平和統一家庭連合）と国際勝共連合により設立された「世界日報社」が刊行する日刊紙「世界日報」に、「風鳴り止まず」と題する回想記を二月一日より十二月三十一日まで三二九回にわたり連載（同年十一月、九月二十四日掲載分までがサンケイ出版より単行本として刊行）した。ここで源田は特攻について、

〈これらの若人は、決して強制によって組織せられたものではない。

それは疑いもなく祖国の急を救うべく、自発的意志によって募集に応じたものである〉（第三二二回）

〈「特攻」によっても戦局の挽回はできなかった。だが、日本民族が特攻隊の精神を受け継いでいく限り、長い歴史の流れの中に、大東亜戦争は真の敗戦ではなかったことを必ずや見出すであろう〉（第三二七回）

などと述べながらも、自身が特攻に深く関与したことにはやはりひと言も触れていない。

指揮官たちの戦後

一九九四年、大田が亡くなる三ヵ月前、隆司に、

「いまさらわしがほんとうのことは言えんのや。国の上のほうで困るやつがおるからな」

ともらしたことは先に触れた。

NHK番組「名前を失くした父」のなかで隆司と会った元桜花搭乗員・植木忠治は、かつて私にこんなことを話していた。

「発案はできたかもしれないが、大田さん一人の考えでこんなふうにいくか？　兵器を開発したり、試験飛行したり、そんな力が特務士官の大田さんにあるか？　あるはずがないよ。だから自分の考えを大田さんの考えとしてやってる偉い人がいるんだよ。もっと上に親玉がいるということよ。その親玉はけっして表に出てこないよ。

いまだに公表するとなんか差し支えのある人がいるんだ。もしもそれを俺が言ったら生きていけないよ。だから、『利用された』と言うと証拠を出さないといけないから『されたと思う』としとくけど、じっさいに桜花をやりたかったやつは戦後ものうのうと生きてるわけですよ」

また、同番組に登場した元陸攻搭乗員・田浦研一は、本職の軍人ではなく学徒出身の予備士官としての立場から、次のような言葉を残している。

「ぼくは、彼の場合にはものすごく大きな見えない手が動いているような気がする。というのは、ハワイ作戦（真珠湾攻撃）のときの参謀がいたでしょう、戦後国会議員になったのが。あれと関係があるんじゃないか。ああいう軍の中枢にいた連中が戦後も要職についてのさばって

いたのは、ぼくはけしからんことだと思っています。そんな人間のために、ものすごく陰湿な手段で大田が人身御供に仕立てられた感じがする。

大田が出てきて全部バラせばよかった。でもそれができなかった。〝無実の罪〟を着せられて逃げ回ったんだと思うんですよ。海軍っていうのは、なかでも海軍兵学校出の正規将校のあいだには、日本国よりも海軍、国家よりも海軍を大切にするような身内意識がある。大田がもし真実を言えば殺されたでしょうね。真実を知っている人間はもういないと思うけども……。永遠の謎っていうのはいっぱいあるんですよ、おそらく。隠蔽されたまま眠っている謎がまだいっぱいある。

大田に対しては非常にかわいそうだと思いますよ。彼ができるはずのないことまで彼のせいにされてるんだから。自分たちがやったことを部下に責任転嫁するというのは、海軍でも陸軍でも権力を持ってる人間が平気でしたことなわけですからね。

桜花作戦については、ひでえことをやったなあ、と思いますよ。二十《はた》歳《ち》前から二十五歳ぐらいの青春真っ盛りの若者たちを国が殺した。しかも一人の桜花搭乗員を運ぶのに、一式陸攻の搭乗員七人も一緒に死なせたんだから……。これほどの罪悪はないと思いますね」

桜花隊員に直接出撃命令をくだした七二一空司令・岡村基春大佐は戦後、郷里の高知県で復

員業務に従事しながら折々に鹿児島県を訪れ、特攻隊ゆかりの地へ慰霊の旅をしたのち、一九四八年七月十三日、千葉県茂原で雷雨のなか、鉄道自殺を遂げた。実妹・江草清子に宛て、家族の後事を託した遺書をしたためていたが、自殺の動機は判然としない。かつて東南アジアで二〇二空司令をつとめていた時期の、部下による捕虜虐待事件についての証言を拒んだためだとも、神雷部隊出撃のさい、部下たちに訓示した「私もいずれあとからゆくが、この世の縁をいつまでも忘れないでくれ」との約束を果したのだともいわれる。おそらくその両方だったのだろう。

神雷部隊の初出撃のさい、岡村大佐の出撃延期の進言を退けた第五航空艦隊司令長官・宇垣纏中将は、玉音放送後の一九四五年八月十五日夕刻、艦上爆撃機彗星《すいせい》一一機を率い、最後の特攻隊として大分基地を飛び立った。宇垣の出撃は、天皇が戦争終結を告げたあとに独断で命じた「私兵特攻」として、いまなお強い批判を浴びている。

一九四四年十月、米軍のフィリピン侵攻のさい、初めて特攻隊の出撃を命じた大西瀧治郎中将は、一九四五年五月、軍令部次長に転じ、最後まで徹底抗戦を叫んだが、玉音放送の翌八月十六日未明、渋谷南平台の次長官舎で割腹して果てた。特攻で死なせた部下たちのことを思い、なるべく長く苦しんで死ぬようにと介錯を断っての最期だった。

特攻を推進し、命じたほかの将官や指揮官たちはみな、戦後自決することも身を隠すこともなく、それぞれが平穏に生き、天寿をまっとうした。

海軍が特攻という戦法を採用した直接の責任者である軍令部第一部長・中澤佑少将（終戦後中将）と、第二部長・黒島亀人少将もその例外ではない。

中澤は一九四五年二月、台湾海軍航空隊司令官となり、自ら特攻作戦を指揮する立場になった。そして台湾の高雄警備府参謀長として終戦を迎えるが、大西中将の自決が報じられた際、中澤も責任を感じて自決するのではと、それとなく様子をうかがう幕僚たちを前に、

「俺は死ぬ係じゃないから」

と言い放ったのを、特攻の渦中に大西中将の副官をつとめた門司親徳がじかに聞いている。

中澤はB級戦犯に問われ、有罪判決を受け巣鴨刑務所で七年間服役したが、出所後は米海軍横須賀基地に勤務し、一九七七年、八十三歳で亡くなった。

黒島は戦後、宇垣纏中将の日記「戦藻録《せんそうろく》」の一部を勝手に処分したり、海軍の機密文書を無断で焼却したり、なんらかの証拠隠滅ともみられる行動をとった。軍令部時代に借り上げていた永田町の邸宅にそのまま住み着き、宗教や哲学の研究に没頭し、一九六五年、肺がんのため七十二歳で死去している。

特攻を積極的に推進、神雷部隊作戦主任もつとめ、多くの若者を死地に追いやった中島正中

佐は、戦後、航空自衛隊に入り、空将補まで昇進。退官後は鎌倉の私邸で趣味の陶芸に没頭し、悠々自適の日々を送った。一九九六年没、享年八十六。亡くなる前年、中島は私の電話取材に、

「もう全部忘れた。零戦のことも特攻のことも」

と語っている。

航空幕僚長を経て参議院議員になった源田実は、日本海軍によるハワイ・真珠湾攻撃を描いた一九七〇年のハリウッド映画「トラ・トラ・トラ!」の制作に協力。この映画のなかで、山村聡演じる山本五十六が三橋達也演じる源田のことを、「源田か、あの男は使えるよ」という印象的なセリフがあるが、これは映画会社による現役参議院議員である源田への「忖度《そんたく》」だったのではないかと、三四三空の飛行長だった志賀淑雄をはじめ、何人もの元部下が私に語っている。

八六年七月、政界を引退した源田はほどなく体調をくずし、八九年八月十五日、療養先の愛媛県松山市の南高井病院で脳血栓のため八十四歳で世を去った。この日は戦後四十四年、平成となって最初の終戦記念日で、源田は八十五歳の誕生日を翌日に控えていた。

第七章

新しい家庭

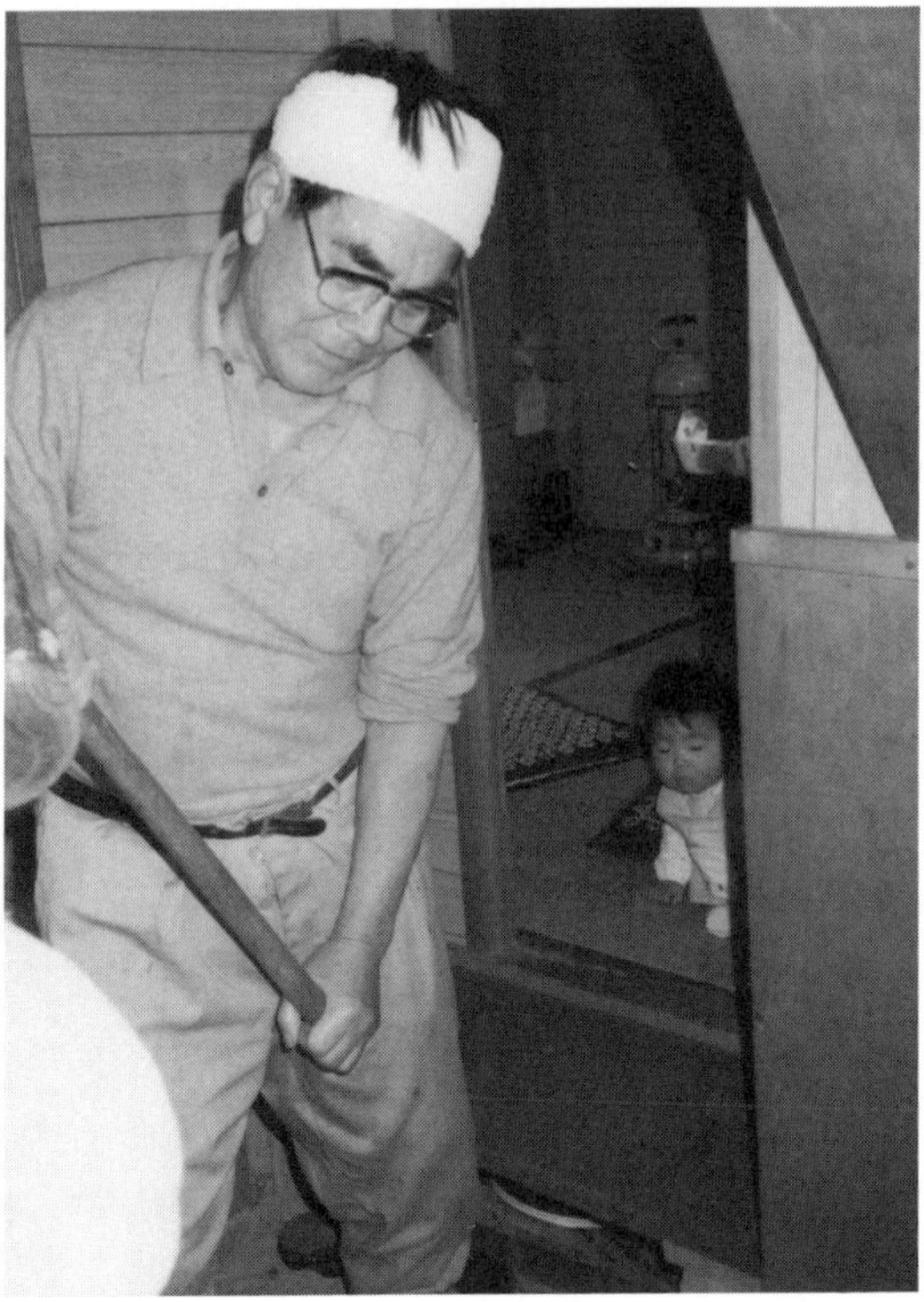

◉自分で建てた家で餅つきをする大田正一。後ろにいるのは孫。名前も年齢も偽っていたが、よき家庭人の一面もあった

大屋義子との「結婚」

横山道雄と名を変えた大田正一が、もとの家族を捨て、一九五〇年に、それまで縁もゆかりもなかった大阪に流れついた経緯は、息子の大屋隆司にもわからない。

かろうじてヒントとなるのは、終戦直後、新橋の闇屋に行ったのをきっかけに大田が衣類のブローカーをはじめたらしいという、元同僚の稲田正二が私に語った言葉である。衣類の商売をしているうちに、当時、日本で繊維産業がもっとも盛んであった大阪に居を移したと考えるのが自然ではないだろうか。

この年の八月末、戦時中から続く衣料切符制が停止され、綿糸布公定価格制の廃止も内定(施行は一九五一年七月)して闇ルートのブローカーを通さなくとも衣類が自由に買えることになった。こうなると闇屋はやっていけなくなるから、これを機に堅気の商売を始めようと考えたのかもしれない。洋裁学校のブームが到来したのもこの頃で、繊維の仕事には、いまでいうビジネスチャンスがあった。

関西に移った大田は、どういう伝手《つて》でか、兵庫県尼崎市の武庫之荘《むこのそう》にあった屋敷にしばらく間借りし、大阪市西区の長堀通《ながほりどおり》沿いのビルにあった「繊維新聞」という小さな会社につとめ

た。「繊維新聞」という社名からは業界紙とも思われるが、この会社は現存する「繊研新聞社」や二〇一〇年まで存在した「日本繊維新聞社」など大手業界紙とのつながりは認められず、国立国会図書館のデータベースにも該当紙が発行された痕跡は見あたらない。「新聞」とは名ばかりだったのかもしれない。

繊維新聞での大田の主な仕事は、生地の一部をピンキング鋏《はさみ》（ギザギザの刃がついたハサミ）で数センチ角の長方形に切り、それを台紙に貼ってファイルし、生地見本帳をつくって洋裁学校などに売り歩くことだった。会社からほど近い「船場《せんば》」と呼ばれる一帯には多くの生地問屋が軒を連ねていて、その下請けのような仕事だったと考えられる。隆司の微《かす》かな記憶によると、取引先のなかには東洋レーヨンなど、大手繊維会社の名前もあったという。

ここで大田は、同じビルに入っている別の会社で事務の仕事をしていた大屋義子と出会い、結婚した。義子は一九二五年生まれの二十五歳、横山道雄こと大田は、じっさいには一九一二年生まれの三十八歳だったが、義子には一九二二年生まれの二十八歳と称していた。結婚といっても大田は戸籍がないので入籍はできず、いわゆる「事実婚」である。

隆司は両親の結婚について、

「母のほうから父を好きになって、それで一緒になったように思いますね」

とみている。ＮＨＫ番組「名前を失くした父」のなかで大田とのなれそめを聞かれた義子は、

「私が知り合ったんは（大田という名前ではなく）横山道雄ですね。もう、カッコよかったんですよ。たのもしく感じたからね、それで騙されたわけ」

と、恥じらいながら答えた。

義子は大田に、なぜ戸籍がないのかと問うたこともあったが、大田は肝心なところはなにも語らず、そのうち義子も深入りしなくなった。大田は島根県邑智《おおち》郡桜江《さくらえ》町川戸《ちょうかわど》（現・江津《ごうつ》市）の義子の実家にも挨拶に行ったが、無戸籍の大田を──あくまで横山道雄としてだが──義子の親族もごく自然に受け入れた。戦争の記憶がまだ生々しかったこの時期、戦死したはずの人がじつは捕虜になるなどして生きていたり、戦死公報が同姓の別人のもとに届いていたりして、戸籍がないというのはそれほど不自然なことではなかった。義子も義子の両親も、

「きっとなにか事情があるのだろう。そのうち復籍するのだろう」

ぐらいに軽く考えていたようだと、隆司は推測している。

隆司が生まれる前、間借りしていた武庫之荘の屋敷の主が誰であったか、いま、現地の街並みは完全に変貌していてたどるすべがない。結婚後しばらく経って、大田は義子とともに、大阪市浪速区日本橋の電気街の裏通りにあった一間《ひとま》のバラックに引っ越した。武庫之荘を辞するとき、親切な家主が掛軸を一幅、餞別に贈ってくれたという。

そして一九五二年（昭和二十七）、義子との間に長男・隆司が生まれ、五五年に次男・次郎、五七年には三男・三郎が誕生した。

すでに述べたとおり、大田には静岡に時子と築いた家庭がある。本人が稲田正二に語ったように、樺太からの引揚者に紛れて「横山道雄」の名で新しい戸籍をつくっていたのなら義子との入籍も問題なくできたのだろうが、もしここで元の戸籍を復活させ、義子と子供たちを自分の籍に入れようとすれば、静岡の家庭のことが浮かび上がってきてしまう。

一九四九年に時子の元を去り、静岡にも北海道にも帰れなくなった理由が、桜花に関係する旧帝国海軍の「見えざる力」によるものだったのかどうか、その真相にはたどりつけそうもない。しかし、大阪に定住し「横山道雄」として生きる道を選んだのはなぜだったのだろう。

一九五〇年は、戦後の飢餓と混乱が収束に向かっていたところに朝鮮戦争が勃発（同年六月）、在日米軍を主力とした国連軍の兵站《へいたん》基地となった日本は戦争特需のおかげで復興に拍車がかかる、まさに戦後のターニングポイントとなった年だった。占領下で起きた帝銀事件（一九四八年）、下山事件（一九四九年）などの奇怪な事件に象徴されるように、日本政府の権力が及ばずアウトローが蠢いていた闇の世界に急速に光が射してきた時期でもある。大田もまた闇の世界から抜け出し、軍隊時代のしがらみを捨て去って、もう一度、別人として生き直そうとしたのではないだろうか。たとえ「横山道雄」が戸籍のない幽霊のような存在であったとしても。

大阪に行きつくまでは茨城、東京、千葉、北海道、静岡と各地に出没し、その姿が目撃されていた大田が、一九五一年に横浜で湯野川守正と会ったのを最後に、少なくとも旧海軍関係者の前からは完全に姿を消してしまっているのだ。

家をつくる

隆司が小学校に上がる一九五九年春、大田は、義子と子供たちを連れて東淀川区相川に転居した。ここには繊維新聞で大田の同僚だった村上《むらかみ》弥五三《やごぞう》が祖母と一緒に暮らしていた木造平屋の家があり、祖母が亡くなったのを機に、村上は大田にその家の南半分にあたる裏庭の一五坪を貸してくれるという。好意に甘えて、大田はここに小さなバラックを自分で建てて住まいとした。現在の相川は、阪急の相川駅を中心に商店と住宅がひしめき合う大阪のベッドタウンだが、当時は神崎川を中心に畑が広がり、肥溜めがところどころにあるような郊外の田舎町だった。

このあたりから、隆司の記憶もより鮮明になってくる。

「雨の日はトタン屋根をたたく雨音がうるさく、雨漏りもして、床に洗面器を置いて受けるような家でした。そこから小学校に通うのが子供心にも恥ずかしくて……。家の土地は、最初は

借りていましたが、何年かして南半分の一五坪を安く売ってもらったようです。『繊維新聞』はおそらく、村上さんと父の二人だけでやってたんやと思います。村上さんは、父の偽りの年齢より年下でしたが、家に行くと押し入れのなかに防毒マスクとか飯盒《はんごう》とか、本物の十四年式拳銃がありましたから、戦争中は陸軍に行っておられたんでしょう。父のことを『横山さん』と呼び、ぼくら兄弟のこともかわいがってくれて、デパートの屋上遊園地や奈良のあやめ池遊園地、夏休みになったら若狭（福井県）へ海水浴に連れて行ってもらったこともありましたね。

繊維新聞はつぶれたのか解散したのか、相川に引っ越したときにはもうなかったと思います。村上さんは、いま千日前にある味園ユニバース、当時はキャバレーでしたが、そこの会社に移って人事部長をやっておられました」

東淀川区に転居した頃、大田は一時、現在の天神橋筋六丁目駅近くにあった太陽光湯沸し器の会社に就職し、営業の仕事に就いた。ビニールでできた四角いタンクを屋根に設置し、ホースで水道の蛇口につなぐ。タンクに水を送りこんだら太陽光の熱で湯が沸き、その湯をホースで風呂の湯舟に注ぐという単純な構造のものである。大田は背広を着、湯沸し器の見本をもって戸別訪問で売り歩いていたという。大田がのちのちまで履歴書に使い、私が隆司に見せられた背広姿の証明写真は、このとき撮られたものだ。

だが大田はこの仕事を数ヵ月で辞め、こんどは家の隣の空き地にグラインダーを置き、義子とともに鉄工所の金属加工の下請けの仕事を始めた。グラインダーで金属のバリを削る単純な作業だが、義子が機械で指を擦ってしまう大怪我をして、病院に運ばれたこともあった。この仕事は近隣からの騒音苦情で一年も続かず、次に見つけた仕事は、既製服の背広の袖だけを縫う内職である。

「家にミシンを置いて、両親でやっていました。小学生の頃、家には繊維新聞の名残《なごり》か、九〇センチ幅の洋服の生地がロールになった状態でかなりたくさんありました。母が近所の空き地に台を置いて、その上に生地を並べて売っていたのを憶えています」

隆司が小学校三年生の頃、義子は近所の人の紹介で、家からほど近い、神崎川を渡ってすぐのところにある資生堂大阪工場の製造ラインで働くようになる。

「仕事は朝八時から五時までのフルタイム。ぼくが小学校の帰り、資生堂の前を通ったら窓から母の姿が見えて、手を振ったりしていました」

最初はパートだったのが何年かして正社員になり、五十五歳の定年まで約二十年つとめた。いっぽう、大田の仕事はまったく定まらない。定職と呼べるものがなく、家計を支えているのはつねに義子だった。

「父は、アルバイトを見つけては職を転々としていました。いちばん長く続いたのが、母が働

いていた資生堂の西側にあった『塩田旺染《しおたおうせん》』という染物工場の仕事で、ここには五年か六年いたはずです。その頃、昭和四十年代は工業排水が垂れ流しで、神崎川も、染物工場が流した染料の色に染まるぐらい汚れていました。父はそこの人とはうまくやっていたみたいで、ぼくも会社の人にかわいがってもらい、高校一年生の頃、社長の親戚の人に鈴鹿サーキットへつれていってもらったことがあります」

その間にも大田は、どこからか建築資材を手に入れてきては、自分の家の増改築に余念がなかった。ガスまわり以外は全部自分でつくってしまい、業者を呼んだことはない。ときどきフラッと何日かいなくなることがあったが、義子も子供たちも、行き先を深く詮索することはしなかった。

大田には、つねになにか新しいアイデアを考えていないと気が済まないようなところがあった。数字の暗算は、何桁だろうと電卓を打つよりも早く、しょっちゅういろんなことを思いついては、その思いつきをすぐさまイラスト風の図面に起こす。

隆司の記憶では、大田はとくにエネルギー関係のことに興味があったらしく、ヒントになりそうな新聞記事を切り抜き、太陽光や水力、風力を利用した発電の方法などを考え出しては、

「これで特許をとるんや」

と、得意になって家族に披露していた。

「けっこうバカバカしいことを真顔で言ってました。いちばん印象に残ってるのが、風呂で風呂桶を逆さに湯舟に沈めて手を放したら溜まった空気でポコッと上がってくる、その力を利用して動力に、というもので、これはずっと言っていましたね」

家族が父の「発明」を聞かされるのはいつも晩酌のときである。晩酌は「日本盛」の二級酒を一合か二合と決まっていた。

「酔いながら話し出すと長いから、ぼくらは戦争の話と同じように、『また始まった』とまともに聞いていなかった。だから細かいことは憶えてませんし、たぶん一つも実現しなかったんじゃないかと思います。ただ、ふつうの人間の考えつかないようなことを考えつくのは確かやったと思いますね」

だが、泉のように湧き出るアイデアとは裏腹に、ものをつくるのは意外に不器用で雑なところがある。

相川に自分の手で家を建てたときも、間取りの図面や設計図は手早く描くのに、いざ大工仕事をする段になると、壁塗りが凸凹になるなど仕上げの粗さが目立った。

隆司が中学生の頃、父が地下室をつくるというので、家の下に穴を掘る作業を手伝ったが、これも壁も天井もゴツゴツしていて、「地下室」というより「防空壕」といったほうがふさわしいできばえである。

この地下室に、大田はどこから運んできたのか旋盤を置き、人に貸して賃貸収入を得ることをもくろんだ。ところが、いざ稼働してみると、近所から騒音への苦情が絶えず、わずか数ヵ月で閉鎖を余儀なくされる。せっかく掘った地下室も使い道のない洞穴と化した。

相川駅近くにあった西陣染工《にしじんせんこう》という繊維工場から、検品段階ではねられ廃棄処分となった糸くずを段ボール数箱分、タダ同然で買って持ち帰り、それでクリスマス飾りなどに使うボンボンをつくって売ろうとしたこともある。手作業で糸を束ね、それを丸くカットするのだが、大田がつくるボンボンはなんとなくいびつで、手伝わされた隆司がつくったほうが形が揃って仕上げもきれいだった。

父の「正体」

そして隆司の高校受験を控えた一九六七年、義子から改めて戸籍の回復を求められた大田は、ここではじめて、自分が「横山道雄」ではなく、じつは「人間爆弾」を発案した「大田正一」だということを告白する。このとき大田は、

「復籍したら戦犯に問われるかもしれん。息子たちが『戦犯の子』と言われるようになるかもしれんが、それでもええんか」

と義子に言い、

「東京に行って手続きしてくる」

と出かけて行ったが、数日後、

「やっぱりあかんかったわ」

と戻ってきた。おそらく手続きはせず、行ったふりをしてどこかで時間をつぶしていたのだろうと隆司は想像している。家族に正体を明かしたあとも、大田の日常にまったく変わったところはみられなかった。


隆司は一度だけ父と衝突したことがある。

「高校に入ってすぐ二輪の免許を取って、中学生の頃から新聞配達のアルバイトをして貯めたお金でホンダＣＢ１２５というオートバイを買ったんですが、やがてもっと大きいのが欲しくなって。知り合いがＣＬ２５０というオフロードバイクを八万円で譲ってくれると言うので、半分出してくれと相談したら大反対されたんです。我慢して最初に買《こ》うたんに乗っとけ！ と言われて殴られた。父に手を上げられたのは、後にも先にもそのときだけです。それでぼくがハンストを起こして……。結局そのあと、父が折れて買いましたけどね。高校にはずっとバイクで通っていました」

大田は、家族に内緒で生まれ故郷の山口に帰ったこともある。島根県の義子の母、つまり隆司の祖母が亡くなったときのことである。隆司は高校三年生だった。

「父と母が二人で葬儀に参列するため島根に出かけて行って、母はそのあと何日か実家に滞在してたんですが、父は『わし、先に帰るわ』と言っていなくなったらしい。ところがまっすぐ大阪に帰らなかったんですね。どこに行ってたとも言わないんですが、あとで父が撮ってきた写真を見たら瀬戸内海らしい風景が写っていて、どうやら山口県へ足を延ばしていたようなんです」

そのときはまだ、大田は表向き「北海道出身」で通していて、家族もそれを信じている。だが、大田が亡くなるまぎわ、じっさいには山口県出身だと知った隆司がそれらの写真を改めてよく見ると、熊毛郡上関町《かみのせき》にある上関大橋と思われる橋が写っていた。大田は、島根の江津から三江線《さんこうせん》（二〇一八年廃線）に乗り、三次《みよし》、広島と鉄道を乗り継いで、生まれ故郷に帰ったものと思われる。

「そういえば、父は晩酌のときによく瀬戸内海の話もしていました。夕焼けの丘の上から凪《な》いだ海を見てたらなんとも言えん気持ちになる、島が点々とあってその間を船がスーッと走っていて、それはそれはきれいな景色なんやで、と何度か聞かされましたから……。いま思えば、それは自分の故郷の話やったんでしょうね。

父は魚が大好きで、もうほんとうに骨しか残らないほどきれいに食べる。あの魚の食べ方は家族の誰も真似できなかった。ぼくが琵琶湖で釣ってきたブラックバスまで自分で料理してきれいに食べるんですから。そやからきっと、海軍に入るまでは山口の瀬戸内海の近くで育ったと思うんですよ」

隆司が三浪して立命館大学に進み、京都で下宿生活をはじめた頃、アルバイトをしていた仏壇店に大田が突然やってきたことがある。

「いきなり店に入ってきて大きな声で『おい、隆司！』とぼくを呼ぶので店の人に大笑いされ、『ええお父さんやな』と冷やかされました。家族みんなでぼくに会いにきたとかで、父が呼びにきたんです。そのあと、父と母と弟たちと一緒に京都御所でお弁当を食べました。楽しい思い出ですね……。父にはそんな一面もあったんです」

一九七四年、染物工場が経営者の代替わりにともなって閉鎖され、職を失った大田は、玉子豆腐工場、製缶工場、寿司工場、油揚げ工場、建築会社のガードマンなどさまざまな仕事を転々とした。運転免許証が持てない大田は、一〇キロ近く離れた茨木市の玉子豆腐工場や製缶工場へも毎日自転車で通った。しかも食品の工場で働くときは必ず、売れ残ったり規格外で出荷されなかった製品を、「戦利品」と称して山ほど持ち帰ってくる。

そして一九七七年、大学を卒業した隆司は、短期間の商社勤務を経て心斎橋の喫茶店「プランタン」で働くことになるのだが、社会人二年めの一九七八年、家の土地半分を譲ってくれた村上弥五三が脳梗塞で急逝した。

「村上さんは生涯独身で子供もなかったので、うちの父が親族の人をなんとか探し出して、残りの土地も安く売ってもらえたんです。と言ってもお金を出したのは母で、土地所有の名義人も母でしたけど……」

村上が暮らしていたもとの家は老朽化していたので、隆司はここをつぶして自分の家を建てることを決心した。

「子供の頃から、ゴツゴツした父の手作りの家にコンプレックスがありましたから、社会人になって貯金も始めたことやし、せめて外観は近所並みのちゃんとした家を持ちたいと。このときも父が、『わしが建てる』と言ってきかないのを母と二人で全力で止めまして……住宅金融公庫からお金を借りて工務店に頼んで建てたんです。完成検査のときに裏に建物があったらまずいというので、父が建てた家をそのときだけ解体して、またつくり直しました。それがいま、裏に建ってる家です」

隆司と美千代の「結婚」

一九八二年、隆司は店の客として出会った高根美千代と結婚、両親と隆司夫婦とが一緒に暮らすようになった。「表」の隆司の家と「裏」の両親の家は棟続きになっていて、玄関、風呂、トイレは共用である。表札には、「横山」と「大屋」の姓が並んで記されている。私が当時のことを美千代に聞くと、明るい声でこう答えた。

「隆司さんと結婚するとき、うちは苗字が二つあって父には戸籍がないけど大丈夫？　と言われたけど、『あっそう』で終わったんですよ。それがどうしたの？　みたいな。義父《ちち》がそんな大それた（桜花を発案した）人だとも思わなかったですしね」

美千代の目に映った大田は、ぶっきらぼうだが思いやりのある、親しみやすい好々爺だった。

「私はその頃、西梅田のお弁当屋さんで働いてたんですが、急に大雨が降った日なんか、帰りに相川駅の改札を出たら義父が自転車にまたがって、傘を持って待ってるんです。それで、手に持った傘を黙ったままポーンと投げるように私に手渡すと、一緒に帰るでもなく、一人で自転車こいで先に帰ってしまう。私が家に帰って『さっきはありがとう』って言っても、照れくさいのか知らん顔をしてる。雨のなか、だいぶ長い時間待ってくれてたと思うんですが……そ

ういうことが何度もありました」

と、美千代は振り返る。

「とにかく世話焼きな人でした。最初は朝、私が寝てる部屋に義父がいきなり『起きなあかんで！』と起こしにきたり、音が恥ずかしいからトイレで先に水を流してたら、『なんでお前は水を流しながらトイレに行くんや！』と怒られたり、やかんでお湯を沸かしてたら『もったいない』と火を小さくされたりして、びっくりすることもありましたが、いやな気はしなかった。

義父は身長が一七五センチぐらいあって体格はガッチリしていました。食欲旺盛、あんこが大好き、牡丹餅《ぼたもち》も大好き、お酒も大好き、納豆も大好きなんですが、義母《はは》が納豆を食べないので、たまに私が納豆巻をつくって出すと喜ぶ。そうめんは『三輪《みわ》そうめん』や『揖保乃糸《いぼのいと》』のようなブランドものより、日清食品の安い『ナンバーワンそうめん』のほうが好きで、いつも『これがおいしいんや』と言って食べていました。

義母が入院したとき、私がご飯をつくって義父の部屋に持っていくと、『こんなん、よう食べへん』と言いながら、下げにいったらお皿が空になってる。私も義父にはタメ口で、言いたいことを遠慮なく言ってました。なんだかんだ言っても、たぶん相性がよかったんでしょうね。義父も私も血液型がＡＢ型で、それで気が合ったのかもしれません」

大田の娯楽はパチンコである。相川駅前のパチンコ屋に置かれていた、チューリップが戦闘

機の形をしている台の前で、黙々と玉をはじきながら長い時間を過ごしていたかと思えば、美千代に『すまん、一万円貸してくれ』と、義子や隆司には内緒でパチンコ代を無心することもしばしばだった。

そんな大田を、妻の義子は愚痴ひとつこぼさずに支えつづけた。いや、じっさいには養いつづけた、といったほうが正しいだろう。

「義母は、おとなしくて辛抱づよく、筋を曲げない人。人に対する感謝を忘れず、しょっちゅう『ありがとう』を口にする、いいお義母《かあ》さんなんです。義父とは正反対の性質ですが、根は一緒だったような気がします。私から見たら、二人とも優しい人ですから……」

隆司と美千代には子がいないが、次男夫婦には二人、三男夫婦には四人の子がいて、「横山道雄」として大阪に暮らすようになってからの大田には六人の孫がいる。大田は毎年、年末になると息子たち夫婦や孫と一緒に自宅の裏の児童公園で餅つきをやるなど、家族サービスも忘れなかった。

飼い犬の世話も、餌を口移しで与えたり、食事のときに隣に犬をはべらせ、自分が使っている箸で食物を食べさせたり、散歩にはかならず自分が行くなど、溺愛といっていいほどのかわいがりようである。嫁《とつ》いできてすぐの頃、美千代が大阪・ミナミの「黒門市場」入り口にあるペットショップ「日本愛犬社」で一万円に値切って買った真っ黒な雑種犬「メリー」も、子犬

の頃に公園で捨てられていたのを拾ってきた茶色の雑種犬「トム」も、なぜか家族のなかで大田にしかなつかなかった。

大田は、町内の人たちとも気さくにあいさつを交わし、近所では「いつも自転車に乗ってる、声の大きな気のいいおっちゃん」というイメージで通っていた。しかしながら深い近所づきあいもなく、たまに老人会から誘いがあっても「わしはそんな歳とちゃう！」と追い返したりして、友人と呼べる相手は一人もいなかった。愛犬たちの世話をするのは、「戸籍」や「名前」といったしがらみに囚われることがなく、人間相手よりも心安らぐひとときだったのかもしれない。

隆司が三十歳代だった一九八〇年代後半、大田は一度、脳梗塞で入院している。

「血圧が急上昇して様子がおかしいので、ぼくが車で病院に連れて行ったんですが、本人が医者に『ここの血管が詰まってる』と自分の頭を指さして。検査してみたらまさにその場所やった。このときは手術なし、投薬とリハビリだけで後遺症も残りませんでした。入院はしましたが、父が『こんなダルいとこに入ってられるか』と勝手に退院してきたんです。いまになって考えれば、長いこと入院してると医療費が高くついてぼくら家族に迷惑がかかると思ったのかもしれません」

またその直後には、犬のトムを抱いて自転車を漕いでいるところを、走ってきた車にはねら

れたこともあった。

「自転車がぐちゃぐちゃになって、本人も見た目は傷だらけなんですが、車のボンネットにうまく乗っかったらしく、骨折もしていませんでした。運もよかったんでしょうし、とっさの判断というか、反射神経もよかったんでしょうね。このときは通院だけでしたが、治療費は相手の車の保険会社が全額負担しました」

隆司は父・大田正一のことを、

「生きよう、生きようという意志のみなぎる、生命力にあふれた人でした」

と言う。だが、頑健そのものに見えた大田の身体も、昭和が終わり平成になった頃から徐々に衰え、足腰が不自由になってきた。やがて仕事に出ることもままならなくなり、家の裏に椅子を出し、児童公園ごしに黙って空を見上げる日が増えた。

体調に異変を感じ、家族に隠れてこっそり『家庭の医学』を読んで、自らの寿命が近いことを悟った大田が、愛犬・トムを裏の公園の木に繋いだまま突然姿を消したのは、一九九四年(平成六)五月十三日のことである。家族は七十一歳と信じていたが、大田は満八十一歳になっていた。

第八章
告白

◉1994年6月6日、白浜での自殺未遂のあと、隆司と美千代に付き添われて再訪した高野山・高室院で、宮島基行（左）と大田正一。大田はこの約半年後に亡くなった

天下の総菩提所

その老人が高野山の宿坊・高室院《たかむろいん》を訪ねたのは、午後の早い時間のことだった。歳《とし》の頃は七十歳代だろうか。大柄な体で杖をつき、足元がややおぼつかない。宿泊の予約は入っておらず、高室院の二軒隣にある高野山宿坊協会中央案内所、通称「観光協会」から斡旋された飛び込み客だった。

宿坊は、参拝客の宿泊施設を兼ねた寺で、高野山の町の中心部にある高室院は、戦国時代、豊臣秀吉軍に敗れた小田原城主北条氏直《ほうじょううじなお》が一年間の蟄居《ちっきょ》生活を送ったことから「小田原坊」の通称でも呼ばれている。当時、高野山には五三の宿坊があった。

宿帳に記された名は「横山道雄」。老人は、応対に出た僧侶・宮島基行《みやじまきぎょう》に、奥之院《おくのいん》に行く道順を訊ねた。高室院の門のすぐ脇にある「千手院橋東《せんじゅいんばし》」のバス停から路線バスに乗れば、高野山のメインストリート・通称「小田原通り」を東に向かって六つめのバス停が「奥の院前」で、そこから多くの墓所や供養塔が立ち並ぶ参道を歩けば、一キロ足らずで弘法大師の廟のある奥之院に着く。

「一九九四年の五月のことでした。高室院は標高約八〇〇メートル、大阪あたりと比べれば五

度以上、気温が低く、五月とはいえ空気はひんやりします。かなり昔のことになりますからあの日の天気はよく憶えていませんが、雨は降っていませんでした」

宮島はこのとき三十一歳、高室院で「随身《ずいしん》」と呼ばれる小僧を務め、宿泊客の世話をしていた。六十歳になった宮島が当時のことを振り返る。

「その方がどなたのお参りをされていたのか、奥之院では参拝者の記録をいっさい残さないので確かめようもなく、わかりません。夕方には高室院に戻ってこられて、二階の八畳の和室にお通しし、お食事の時間、アルコールは召し上がるかどうかのご希望をお聞きして、お風呂の時間、翌朝のお勤め（寺の日課の読経）に出られるかなどインフォメーションですね、これをまずさせていただきました。このとき、とくにご供養なさりたい方がいらっしゃれば私どもは一項目三〇〇〇円で承って朝のお勤めで戒名を読み上げますので、そのこともお伝えしましたが、特定のどなたかを供養したいとはおっしゃいませんでした」

高齢の一人客の宿泊は、高野山ではさほどめずらしいことではない。宮島の目に映ったその老人は、脚がやや不自由に見えるほかは姿勢もよく、厳しさや気むずかしさを微塵も感じさせない、気さくで話し好きな、どこにでもいそうなごくふつうの年寄りだった。

宮島が、客室に二段重ねの精進料理の夕食を配膳し、それを下げ、布団を敷き、何度か部屋を訪ねるうち、老人は問わず語りに自らの過去を話し始めた。

「お布団を敷かせていただくときに、私が、どちらからお見えになったんですか？　とお聞きしたことから雑談が始まったんです。大阪から戦友のお参りに来た、というお話から始まって、私が戦争は大変でしたね、と相槌を打ちましたら、それから軍隊にいた頃の思い出話が始まりました。この日はたまたま、ほかにお客様はほとんどいらっしゃらなかったので、のべ数十分でしょうか、いつになくゆっくりお話が伺えたのだと思います。私は子供の頃から太平洋戦争の歴史に興味を持っていましたから、じっさいに戦争に行かれた方のお話は興味津々でした」

戦後約半世紀、この頃の高齢者は全員がなんらかの形で太平洋戦争を体験している。平安時代、弘法大師空海《くうかい》が仏教の道場として開いた高野山は「天下の総菩提所《そうぼだいしょ》」とも呼ばれ、戦没者を弔う墓や供養塔もそこかしこに建っている。従軍経験のある年配者が集って慰霊法要を営んだり、一人で亡き戦友に手を合わせにくるのは、宮島にとってふだんから見慣れた日常的ともいえる光景だった。

身の上話

宮島基行は一九六二年、東京生まれ。父・基栄《もとえ》はクラリネット奏者で、プロのスタジオミュージシャンだった。

太平洋戦争に興味を持ったのは、小学四年生の頃に読んだ少年向きの戦記の本がきっかけである。五年生の頃、東京12チャンネルで放送していた「カラー秘録　太平洋戦史」という番組を父と一緒に見たことでさらに興味を持ち、一九七〇年代当時、男の子の間で大流行していた軍用機のプラモデルづくりに熱中した。プラモデルはもっぱら1／72スケールで、自分で色を塗り、日本の模型メーカーが発売していない機種は海外メーカーのキットを探すほどの凝りようだった。

小学生のときに親に買ってもらった『日本の戦闘機』（秋田書店）というハードカバーの本は、擦り切れてページがバラバラになるまで愛読したし、戦争体験者の手記が数多く載っていた軍事雑誌「丸」（潮書房）の読者カードを版元に送って懸賞のラジオが当たったり、誌面に感想文が載ったこともあった。だから宮島は、一九四一年十二月八日から一九四五年八月十五日まで約三年九ヵ月にわたって続いた太平洋戦争の推移はもとより、当時の軍艦、飛行機の名称や特徴などはひと通り頭に入っている。

高校生になると仏教に関心が移り、寺を巡ったり、本を読んで勉強したりするうち、本格的に修行してみたいと思うようになった。そして一九八一年、和歌山県の高野山大学に進学する。ただ、大学では学問としての仏教は学べても、密教である真言宗の奥義は、修行して僧侶にならないと教えてもらえない。僧侶になるには、真言宗の住職に弟子入り、つまり入門しない

といけないという決まりがある。

宮島は、実家の近くの早稲田にある真言宗の寺の住職に頼んで高室院の住職を紹介してもらい、大学入学と同時に入門することになった。

ふつう、寺に入門すると、師匠が弟子に仏教の教えにちなんだ音読みの名前をつけ、得度の証明を出せば、家庭裁判所で戸籍名ごとその名前に改名できる。そこは芸能人の芸名や作家のペンネームとちがうところである。しかし宮島は、師匠が「君の名前はそのまま音読みにすればいい」と言うので本名のまま、読み方だけ「もとゆき」から「きぎょう」に変えた。

「横山道雄」が高野山に来た一九九四年五月は、大学を卒業してから九年、そろそろ高室院を出て独立しようとしていた、ちょうどそんな時期のことだった。


老人は、昔は海軍の航空隊にいたと言い、若い宮島に戦争中の思い出をとりとめもなく語った。初対面の、孫に近い世代の僧侶が自分の話に熱心に耳を傾け、質問したり、飛行機や戦場、作戦の名称などにいちいち反応するのを意外に思ったのかもしれない。やりとりが止まらなくなってしだいに話に熱がこもってきた。宮島は語る。

「太平洋戦争は、はじめ日本軍が優勢だったのが逆転されて負けていくわけですが、最初の頃の勝ち戦の話や手柄話はほとんどされませんでした。話題はやがて、大戦後期、トラック島で

大空襲を受けたときの苦労話になり、『このままだと、尋常の手段では勝てない』とお話しされ、そこから自然の流れで、特攻隊や『桜花』の話に移ったんです。

私は、小学生の頃に本で桜花の写真を見て、爆弾に小さな翼と操縦席、後ろにロケットをつけただけのような、ほかの飛行機とは明らかにちがうシンプルすぎるその姿に、いま風に言えば〝ヤバい〟兵器というイメージを抱いていました。中学生の頃、ハセガワという模型メーカーが出していた1/72スケールの一式陸攻一一型のプラモデルのキットを買ったとき、桜花がおまけについていて、それにもちゃんと色を塗って組み立てたことがあります」

老人は桜花について、

「ほとんどが敵艦に取りつく前に墜とされて、多くの若い人を犠牲にしてしまったのは残念だったし申し訳なかった。ほんとうはもっと戦果を挙げられるはずだった。準備も作戦も杜撰《ずさん》だった。いまもって納得がいかない。慙愧《ざんき》に堪えない……」

というようなことを語った。

宮島は、桜花がもとは㊅と呼ばれていて、それは発案者である大田正一少尉の名前の頭文字からとったことは知っていた。最初の出撃（一九四五年三月二十一日）で全機が撃墜され、戦果が挙がらなかったこと、そして発案者の大田は終戦直後、飛行機を操縦して神之池基地を飛び立ち、「自決」したことも記憶の隅にあった。

「この横山さんというご老人は、桜花になにか関係のあった人なのかな、と思いつつ、ときどき相槌を打ちながら真剣にお話を聴いていました。するとその方は、やおら姿勢を正したかと思うと、はっきりとした声で私にこうおっしゃったんです。

『じつは、私が大田正一です』

ええっ!? とびっくりしましたね。目の前にいる人が、五十年近くも前に亡くなったはずの桜花を発案したご本人だと言うんですから……」

「自決」から四十九年――。戸籍を失い、「横山道雄」という偽りの名で生きてきた男が、はじめて本名の「大田正一」に戻った瞬間だった。


高野山の宿坊には一〇〇〇人近い僧侶がいるが、宮島基行という、太平洋戦史に並々ならぬ興味をもち、真摯に話を聞いてくれる若い僧侶と出会えたことは、大田とすれば、なにか目に見えない力に導かれたかのような僥倖《ぎょうこう》だったにちがいない。

大田は宮島に本名を名乗ったあと、「じつは私には戸籍がないんです。それで、自分がいると家族に迷惑をかけてしまう。どうしたらいいのか……」と悩みを打ち明けた。このところ病気がちとなり、肉体の衰えを自覚しているが、戸籍がないから保険というものにいっさい入っていない。病院に行けば医療費がかさんで迷惑をかける、ということのようであった。

「私は、『役所に相談すればなんとかなるんじゃないでしょうか』と答えましたが、いま思えば、おそらくそんなに単純なことではなかったんでしょうね。明日は白浜に行くと言われるので、遠いところへ大変ですね、と。大田さんは翌朝、六時から四十五分間のお勤めに出られて、住職と三、四人のお坊さんが読経するのをじっと聞いておられました」

と、宮島は回想する。同じ和歌山県内でも、高野山から南紀白浜まで行くには、護摩壇山《ごまだんざん》、龍神《りゅうじん》温泉、紀伊田辺とバスを乗り継がなければならない。宮島はバスの時間を調べ、午前十時頃、高室院の門を出て右手にある「千手院橋東」バス停まで大田を見送った。ふだん宿泊客を見送るのは寺の玄関までだが、昨夜の話の余韻が心に残っていて、バス停まで送らずにはいられなかったのだ。

三段壁

大田が乗った同じルート、ほぼ同じ時間帯のバスが、いまも四月一日から五月三十一日、九月一日から十一月三十日の期間限定で運行されている。二〇二二年四月中旬、私は大田の足跡を追体験すべく高野山を訪ねた。

宮島基行と一緒に奥之院を歩いて大田のことを語り合い、宿坊に泊まって翌朝のお勤めに出

たあと、大田と同じように宮島に見送られ、九時五十五分千住院橋東発・護摩壇山行きの南海りんかんバスに乗り込む。

バスは高野山を東西に走る「小田原通り」を東に進み、奥之院を過ぎると南に折れ、あとは紀伊山地のひたすら曲がりくねった国道三七一号線の山道を、アップダウンを繰り返しながらも徐々に登ってゆく。山に入ってしまうとスマートフォンの電波は届かない。

山々はほぼ針葉樹林に覆われているが、ときおり目に入る広葉樹の新緑がまぶしく、山腹のそこかしこに咲いている山桜が美しい。ただ、大田が乗ったのは五月中旬だったから、そのときは山桜は散ったあとで、もう少し緑が濃かったのかもしれない。車窓を過ぎてゆくこの景色を見ながら、大田はなにを思ったのだろうか、とふと考えた。

一時間ほどで、和歌山県最高峰と言われていた護摩壇山（標高一三七二メートル）に着き、このバス停で待っている龍神自動車・本宮大社前行きのバスに乗り換える。「最高峰と言われていた」と過去形でいうのは、二〇〇〇年になって、国土地理院の測定で、護摩壇山の東方約七〇〇メートルに位置する無名の峰（二〇〇九年「龍神岳《りゅうじんだけ》」と命名）のほうが一〇メートル高いことが判明したからである。つまり、近年まで山々の標高が把握しきれていなかったほどに山深い場所なのだ。

さらに約四十分、アップダウンのはげしい山道を走り、龍神温泉――いまは季楽里《きらり》龍神《りゅうじん》と

いう、二〇〇四年にできた新しい施設のバス停になっているから、大田が乗った頃とは景色が変わっているだろう――に着くと、こんどは紀伊田辺駅行きのバスに乗り換える。

ここからは山道も下り気味になり、カーブもいくぶんゆるやかになっていく。やがて人里が現れ、建物の数がだんだん増えて、田辺の街に入る。午後一時十一分、JR紀伊田辺駅に着くと、同じバスロータリーから出ている明光《めいこう》バスの三段壁行きに乗り換え、温泉で有名な白浜方面に向かう。

バスは白浜駅を経由して海沿いの道路に出るが、白良浜《しららはま》を過ぎ温泉ホテルが立ち並ぶあたりに差しかかると、硫黄と潮の香が混ざり合ったような一種独特の匂いが鼻をつく。大田が降りた三段壁までは約四十分。私が着いたのは午後二時を少し回った頃だった。高野山を発ってからじつに四時間以上のバス旅である。その間、乗り換えのときにトイレに行くぐらいで、弁当を持たない限り昼食を摂るところはない。すでに病に冒されていた大田にとってはかなり過酷な道のりだったのではないか、と私は思った。

バス停を降りると、案内の矢印にしたがい売店の前を通って数分歩けば、そこは高さ六〇メートルの断崖絶壁が二キロにわたって続く三段壁である。ふだんから多くの観光客でにぎわうが、ここではいまも年間一五件前後の投身自殺があるという。断崖絶壁といっても海に叩きつ

けられて死ぬのではなく、ほとんどは途中に突き出した岩に激突し、身体が骨ごと損壊して絶命するのだ。

観光客が入れる場所には転落防止の手すりがつけられ、のぞき込むと崖のはるか下のほうに白波が砕けるのが見える。崖の近くとバス通り沿いには、「いのちの電話」と書かれた看板とともに設置された二台の公衆電話ボックスがある。それぞれのボックスのなかには電話をかけるための十円玉が二〇枚ほどだろうか、ガラスのビンに入れて置かれていた。自殺防止のために「いのちの電話」が設置されたのは一九七八年。だから大田が来た一九九四年にはすでにここにあったはずである。

大田が三段壁に着いたのは、もっとも早くて午後二時過ぎ、脚が不自由であったことを考えればおそらく三時頃である。大田は海風にあたりながら一〜二時間、崖の近くに置かれたベンチに座って、観光客が途切れるのを待っていたと思われる。

そして夕方。意を決して崖から飛び降りようとしたものの、自分がイメージしていた以上に脚力が衰えていて、柵を乗り越えることができなかったのだろう。そこへたまたま観光客が通りがかり、柵に引っかかっている老人を発見した。観光客は大田を助け、公衆電話から警察に通報した。発見者が誰だったかは、隆司が白浜警察署に呼ばれたときにも聞かされていない。

父の死

大田を見送った日の夜、宮島基行は、白浜警察署から高室院にかかってきた電話で、大田が三段壁で自殺を図り、保護されたことを知った。警察官は、「本人が昨夜は高室院に泊まったと供述しているから、行動を確認したい」という。

「驚きました。昨夜は戸籍のない悩みを口にされていましたが、今朝の様子は特段思い詰めたふうな様子もなく、まさか、これから死ににいこうとしているようには見えなかったですから……」

大田にとっては、終戦直後に神之池基地を飛び立って以来、生涯二度めの自殺未遂だった。愛犬トムを公園の木に繋いだまま失踪した大田が、沖縄へ飛び、そこから高野山に行き、自らの終焉の地に南紀白浜を選んだほんとうの理由は知るすべもないが、大田は隆司に、

「わしの身代わりになって戦死した和歌山出身の親友がいた」

と話していたことがあるという。その戦友が誰だかはわからない。

高野山の奥之院参道の入り口にあたる「一の橋」には、特攻で多くが戦死した海軍第十四期飛行専修予備学生の戦没者慰霊塔「あゝ同期の桜」の碑もある。これは、自らも予備学生十四

期生だった高野山大円院《だいえんいん》住職第四十三世・藤田光幢《ふじたこうどう》が中心となり、同期生や遺族が建立《こんりゅう》したものだった。大田は、自ら命を絶つにあたって、亡き戦友たちに手を合わせに高野山へきたことだけは確かなことと思われる。

南紀白浜での自殺騒ぎから約三週間後、大田は息子の大屋隆司、美千代夫妻に伴われ、ふたたび高野山を訪れた。高室院で、宮島基行にそのとき世話になった礼を言うためである。

「自殺を図られたと聞いて、ずっと気になっていたんです。そしたらしばらく経って、息子さんとその奥さんと一緒に来てくださった。もう一度お会いできて嬉しかったですね……。このときは一階の部屋にお通しして、精進料理を召し上がっていただきました」

と宮島。隆司の記憶では、この日は六月六日であった。一九九四年は平成六年。「六」が三つ並んで印象的だったため、この日の日付ははっきりと憶えている。

二度めの高野山訪問のあと、大田は末期の前立腺がんで余命三ヵ月と宣告され、入院中にようやく、自らのほんとうの年齢を家族に明かした。そして、高額の医療費に頭を抱えた隆司が、父の復籍のため東淀川区役所を通じて問い合わせた厚生省からの返書で、本籍は北海道ではなく山口県で、のちに愛知県に転籍していたことが判明する。さらに東淀川区役所を通じて取り寄せた戸籍謄本から、戦時中に築いた別の家庭があったことがはじめて明らかになった。大田

は、余命宣告から約半年を生き、なおも多くの秘密を抱えたまま、一九九四年十二月七日、八十二年の生涯を閉じた。

隆司は、父には、戸籍がないことで引け目を感じたり、卑屈になっている様子はなかったという。桜花についても、高校生の頃、

「わしが考案したんは、前に爆弾を積んで操縦していって突っ込む兵器や」

と淡々とした口調で聞かされたことがあるぐらいで、父の口から反省や感想めいた言葉を耳にしたことはない。

だが、隆司が大学に進学した頃、父は母・義子に、

「多くの若い人を死なせてしまって申し訳なかった。彼らに謝りたい、供養にまわりたい」

と、こっそり心中をもらしたことがあったという。

息をひきとる三ヵ月前、父は隆司に、いままで一度も話さなかった特攻隊員への贖罪《しょくざい》の気持ちを口にしている。

「白浜に迎えに行ったときまで、父が泣いたりするのを見たことはありませんでしたが、涙ながらに、二十歳に満たない若い命を多く死なせてしまってすまないと。……戦争の責任は一人で負うには重すぎる、と慰めるより仕方ありませんでした。

いまにして思えば、父に正面から向き合って話を聞こうとしたことはなかった。こちらから切り出せば、あるいは桜花に対する思いや、なぜ身をひそめて生きなければならなかったのかを話してくれたかもしれません。もっと早くに、きちんと話を聞いてあげていればよかった、と悔やむ気持ちはありますね……。

父が最後に高野山へ行って、たまたま泊まった宿坊で宮島基行さんと逢えたのは幸運でした。相手が宮島さんでなければ、おそらく死ぬまで、家族以外の他人に正体を明かすことはなかったんじゃないかと思うんです」

先に述べたように、大田正一が亡くなった直後、隆司はイギリスの国営放送・BBCが制作したドキュメンタリー番組「KAMIKAZE」の取材に協力している。この番組がきっかけとなって、隆司は一度だけ、大田の最初の家族の一人と電話で話したことがあった。

「秦先生からうちの電話番号をお聞きになったとかで、前のご家族の方から電話をいただきました。次女の方やったと思います。亡くなったとお伝えしたら電話の向こうで泣いておられて……。もしお墓に参られるならご案内します、と申し上げたんですが、それっきりになっています。どっちがほんとうの家族かなんて考えるのも変ですし、ぼくは向こうのご家族ともお会いできたらと思っていましたが……」

大田正一の最初の妻・時子は一九六八年に亡くなっていた。そのことを大田が知っていたかどうかはわからない。

終章 名前を取り戻した父

◉大田正一と義子が暮らしていた家の二階には大田の遺影が飾られ、義子が施設に入所した後もそのまま残されていた

偽名を名乗っていた男と出会い、数奇な運命をたどった隆司の母・大屋義子は、大田正一の死から二十七年めとなる二〇二一年四月七日夕刻、九十六歳で亡くなった。

隆司によると、大田が亡くなる前、戸籍の真相――じつは夫にはもう一つの家庭があったことを知ってしまった衝撃もあってか、大田没後、義子は家族のあいだでも夫のことを話題にすることはめったになかった。だが、新型コロナウイルスが猖獗《しょうけつ》をきわめ、未曽有のパンデミックとなった二〇二〇年、風呂場で転倒、大怪我をしたことがもとで介護施設への入所が決まったとき、

「お父さんが建てた家は、私が帰るまでそのままの形で置いといてね、絶対に処分しないでね」

と、隆司と美千代に最後まで念を押していたという。大田が自らの手でつくった「白い要塞」のような家のことである。大田が亡くなったあともずっと、義子は棟続きの隆司の家ではなく、この家の一階を寝室として暮らし、二階には大田の着物姿の遺影を飾っていた。二階の洋服ダンスを開けると、大田が着ていた洋服が何着か、生前さながらにハンガーにかかったままになっている。

偽《いつわ》りに満ちた夫に翻弄され続けた一生だったが、義子は最後まで大田を愛し、自らの運命について不満めいたことはいっさいこぼさずに人生の幕を閉じた。義子の告別式は相川駅前の「和《なごみ》ホール」で家族葬として執り行われたが、式場は訃報を知って駆けつけた近所の人であふ

れた。

「いいおばあちゃんでした……」

と、弔問に来る人は皆、義子の死を悼んだ。


そして、最初に私に連絡し、大田正一の家族であることを告げた美千代――。

義子が施設に入った頃から、美千代も体調がすぐれなかった。私が取材で訪ねたり電話をかけたりする折々に、問わず語りに美千代が言うのには、高校生のとき実母が亡くなり、父の再婚相手、つまり継母《ままはは》と反りが合わず、家出をしてアルバイトで学費を稼ぎながら大阪芸術大学の油彩科を卒業した。そして隆司と出会い、結婚したのだが、このところ高齢となった継母が病に倒れ、その介護のために毎週一回、兵庫県の加古川にある高齢者施設まで通わざるを得なくなったのだという。

安らぎを与えてくれていた義母がコロナ禍で面会も許されないまま亡くなったうえに、家出するほど反りの合わなかった継母の介護のために、遠距離を通うストレスは想像にかたくない。しかも、継母の具合が悪いからすぐ来いと、深夜に施設から呼び出されてタクシーで向かうこともあるらしかった。

家族の問題には立ち入るべきではないと思い、たまに電話やショートメールで様子を聞くぐ

らいの日々が続いたが、二〇二一年夏、美千代自身が過度の飲酒が原因と思われる急性膵炎《すいえん》で入院、それ以来入退院を繰り返し、心身ともにすっかり参っているように見受けられた。

十月二十九日午後四時頃、突然、美千代から私のスマートフォンに電話がかかってきた。家の近所にある行きつけの喫茶店「カフェ サバイ」からかけているという。美千代の声は、はじめて会った七年前とは別人のように生気を失っていた。

「体が痛くてしんどい……。これがずっと続いてて……もう死んだほうが楽です。死んでもいいですか?」

うまく呂律が回っておらず、どうやらすでに睡眠薬を飲んでいるようだった。

「ダメです。そんなことおっしゃらず、隆司さんが仕事から帰ってこられたら病院に連れて行ってもらってください ね」

と言う私に、美千代は、

「しんどくなってきたから切ります。もし生きてたらまた電話します……」

と、消え入りそうな声で言うと電話を切った。通話時間は約十五分だった。

これはただごとではないと思い、四時十九分、隆司に〈美千代さんからお電話をいただき、相当具合の悪そうなお声でしたが大丈夫でしょうか〉とショートメールを送る。仕事中だった隆司からはちょうど一時間半後の五時四十九分に折り返し、〈御心配をお掛けしてすみませ

ん〉との返信が入った。

午後十時三十五分、こんどは東淀川警察署から電話。

「大屋美千代さんのことでお聞きしたいことが……」

いやな予感が脳裏をよぎった。

「夕方、電話をもらいましたが、どうされましたか？」

「じつは亡くなられまして……。携帯の最後の発信履歴があなただったものですから、なにかご存知かなと」

午後七時頃、仕事を終えた隆司が帰宅すると、美千代は大田が建てたほうの家の、義子が暮らしていた部屋から二階へ上がる階段の上り口で倒れていて、もう息がなかったという。病を苦にして自ら命を絶ったものと思われた。警察署での検視を終えて、美千代のなきがらが相川に還ってきたのは翌三十日午後一時のこと。美千代の葬儀は義子のときと同じ和ホールで、近しい人だけで行うことになった。隆司は一年のうちに、母と妻とを続けて失ってしまったことになる。

私はすぐにＮＨＫの久保田瞳に連絡をとり、十月三十一日、一緒に隆司宅を訪ねることにした。

大阪の大屋邸――いつもインタビューをしていたリビングのテーブルの上には、十数枚はあろうかという病院の診察券が積まれている。

「半月ほど前、『もし私になにかあったら』と、それとなく覚悟を匂わせるようなメモを書いていたことがありました。本人はだいぶ具合が悪そうでしたが、どこの病院に行っても不調の原因がわからなくて、自分で（病気を治してくれそうな病院を）探してあちこち行ってたようなんです。ぼくの出張中に行ってたのか、心当たりのない病院の診察券も何枚かありました」

と、隆司は言った。診察券をみると、大阪、兵庫はもちろん、なかには遠く離れた静岡県浜松市の病院のものまである。さらに診察券の束にまじって、なにか調べようとしたのか、東京の国立国会図書館の比較的新しい利用者カードもあった。隆司に内緒で遠くの病院に通っていたのは、隆司に心配をかけまいという美千代なりの気遣いだったのだろう。

だがそこで、私はあることに気づいて「おや？」と思った。

カードに記された受診者や利用者の名前が、最新の診察券をのぞいて全部、「大屋美千代」ではなく旧姓の「高根美千代」になっていたのだ。

「じつは……美千代とは今年の八月まで入籍してなかったんです。美千代も継母との関係とか家庭環境がややこしくて、ぼくを巻き込みたくないから無理に入籍しなくていいと。それでこの夏のはじめ頃、急に入籍しようって言いだしたから、正式に籍を入れたんですが……」

つまり、美千代が大屋家に来てから三十九年、隆司と美千代は両親と同様、いわゆる事実婚の関係だったのだ。美千代が夫のことをよぶとき、「隆司さん」と必ず「さん」づけで呼んだのは、そういうことも関係していたのかもしれないと思った。

さらに驚いたのは、美千代から聞かされていた年齢と、診察券に記されている年齢が四歳違っていたことである。美千代は「昭和三十三年（一九五八）生まれ」と称していて、隆司も長いあいだそう信じていた。もちろん私も、取材しながらそのことを疑っていなかった。ところが、婚姻届を区役所に提出するさい、美千代はペロッと舌を出して、

「じつは二十九年生まれやってん」

と隆司にうちあけたのだという。同じ女性としての直感だろうか、久保田瞳だけがそのことを見抜き、美千代と二人だけの秘密にしていた。実年齢で、美千代は享年六十七だった。

義子と美千代の遺骨は、二〇二二年四月十五日、満開の桜のもと、先に大田正一が眠っている丹波篠山の同じ墓所に葬られた。納骨式には隆司、弟の三郎、美千代の親友で最後に立ち寄った「カフェ サバイ」の店主・大橋郁子と私の四人だけが参列した。

私は、二〇一四年、美千代が初めてコンタクトをとってきたときのことを思い出していた。十代後半で家出して、「家族」というものから遠ざかっていた美千代は、隆司と結婚したこと

でようやく安息の地を得たのではないだろうか。美千代の話しぶりからも、義父母のことを実の親以上に慕っていたことがうかがえた。だからこそ美千代は、桜花を抱いた一式陸攻がつぎつぎと撃墜されてゆく、つまり、大好きだった義父が発案した自爆兵器で、多くの若者が無惨に死んでゆく瞬間を捉えた映像をテレビで見て衝撃を受け、そのことを誰かに伝えずにはいられなかったのだろう。

墓石の下の納骨室には、左から大田正一、大屋義子、美千代の順に骨壺が並べられた。三人が一緒に眠る墓は、正面に「大屋家」、右側面に「平成二年四月八日　大屋義子建立」とだけ刻まれ、そこには大田正一の名も、横山道雄の名もなかった。だが隆司は、これを機に三人の名を刻むことにした。その年の夏、死後三十年近くを経て初めて父の名が「大田正一」として墓石に刻み込まれた。

「父について、じっさいにどれぐらいの責任があるかはまだわかりませんが、桜花のような特攻兵器を発案しておいて、生き残ってしまったことは非難されても仕方がない。本人にも負い目はあったんでしょうが、やはりどこかで名乗り出ればよかったとは思います。

ぼくが高校に上がる頃、それまで『横山道雄』だと信じていた父の本名がじつは『大田正一』で、戦争中に桜花を発案し、戸籍がないから定職にもつけないということを知って、正直な話、どうしたらええんや、と思い悩みました。それから半世紀以上、いくつかの感情の波を

経て、いまはそのときと比べれば気持ちも落ち着いてると思います。父について、知らなかったこともだいぶわかってきましたしね……。

でも、父が桜花を発案したということに関してはやっぱり申し訳ないというか、自分がその息子だということに、内心どこか引っかかりは感じたままです。

桜花搭乗員の植木忠治さんは『重荷と考えなくていいよ』と言ってくださったんですけど、佐伯正明さんに『私は大嫌いでしたね』と言われたのはきつかった。隊員だった方から改めて本音を突きつけられて、あのときはガーンと頭を殴られたような衝撃でした。でも、桜花というのは発進したら必ず死ぬ特攻兵器で、じっさいそれで大勢が亡くなったわけですから、乗らされた人からするとそうなんやろうなと、受け入れるしかありません……」

植木忠治も佐伯正明も、隆司が会ったあと相次いでこの世を去り、戦後七十八年のいま、桜花搭乗員の生存者は数えるほどしか残っていない。

七十歳になった隆司は、いまも住宅展示場の内装や大型商業施設の電気設備、イベント会場のディスプレイなどを中心に、電気工事の仕事で地方を飛び回る多忙な日々を送っている。

大田正一が人生の終焉を迎えるにあたって、初めて自らの正体を明かした僧侶・宮島基行は、いま、高野山のいくつかの寺を手伝いながら鹿児島県の寺の住職もつとめ、東京で僧侶たちに真言宗の教えを伝え、さらにあちこち出向いては法話、法要、祈願などの依頼に応えている。

「人間は、『教訓』を『知恵』に替えることができなければいくらでも愚かになり、考えてはいけないことまでも考える可能性を持っています。桜花については、確かに人命無視の残酷な側面をもっていますが、いっぽうで、これはそんなに特異なことではなく、とことんまで追い詰められれば誰でも同じことを考えつき得るんじゃないか。

原因があるから結果がある。起きてしまったことをただ否定するだけでは進歩につながりません。人は考えつかざるを得ない状況になればこんな恐ろしいことまで考えついてしまう、という過去の教訓を知恵に替えて、そんな状況を繰り返さないためにはどうすればいいかを考えることが大切なんじゃないでしょうか」

と、宮島は言う。

桜花はかつての日本海軍が断末魔に生んだ非道な兵器だが、親飛行機にロケットエンジンのついた子飛行機を搭載して、それを上空で切り離す、というアイデア自体は、洋の東西を問わず、昔もいまも、そう突拍子もないことではない。そのことを示す実例がいくつかある。

桜花を設計した三木忠直が、『人間爆弾と呼ばれて　証言・桜花特攻』に寄せた手記によると、一九五五年頃に見た記録映画「テストパイロット」で、一九四七年十月、米軍のチャック・イエーガー大尉が史上初めての超音速飛行を達成した実験用ロケット「ベルX－1」が母機のB－29から切り離されて飛んでゆく姿を見て、それがあまりにも桜花にそっくりなことに驚き、思わずそのまま映画館に居すわって二度、飽かずに眺めたという。

チャック・イエーガーとX－1については、一九八三年のアメリカ映画「ライト・スタッフ」でも描かれているが、確かに、B－29の爆弾倉に吊り下げられたX－1に、母機の床の孔からテストパイロットが乗り込み、秒読みの合図とともに切り離される光景は、まさに桜花そのものである。

〈前記の映画をみてからあと、私は、米空軍が「桜花」の構想をそのまま借用したのではなかったろうかとの思いが、ずっと脳裡を離れなかった。

先年特攻兵器を調査している米海軍中佐（退役）に会った際、米空軍の接収した桜花の驚くべき詳細なConfidential（機密）と捺印された調査資料を見せて貰ったが、一九四五年六月の日

付であり、筆者のこのような質問に対して、自分も多分そうだと思うとの答えが返ってきた。
超音速飛行にパイオニアの役目を果たしたＸ－１シリーズの原型となり、その技術が生かされたのなら、技術的な面で、その記録を書き残しておくことも、決して無駄ではあるまい、と考えるようになった〉（同書）
三木はまた、同じ手記のなかで、大戦中、ドイツでも桜花と同様のアイデアが出されたことを紹介している。
〈ドイツで桜花出現の約半年前、女性パイロットの提案でＨｅ１７７（双発爆撃機）に吊り下げられたＶ１号改装型「ライヘンベルグ」の空中発進着陸のテストに成功し、この特攻戦法を実用すべくヒットラーに進言したところ、「ドイツ兵士は常に生き残るチャンスを持っているべきだ」といって許さなかったとの記事を見た。しかし準備だけは承知したので、多くの志願者の内から七〇人の部隊が編成されたが、Ｖ１号続いてＶ２号が一応の戦果を挙げたので実用には至らなかった。
先に述べた米海軍中佐に会った時も、まず桜花の構想はドイツから来たのかと質問された。全然ドイツのことは知らなかったが、数年後この記事を見て、彼が筆者に会うまでそう思っていたのも無理はないことであったと思い返した〉
つまり、大田正一が桜花の構想をもって空技廠の三木忠直に面会した頃、すでにドイツでは

母機から発進する有人飛行爆弾が考案、開発され、そのための部隊編成も始まっていたのだ。

戦後、鉄道技術者に転身した三木は、X－1の記録映画を見るまでは、「日本の技術者全体の名誉のために桜花は我が技術史から抹殺されるべきである」と考え、一九五二年一月に発行された雑誌「世界の航空機」に初めて桜花の開発記事が掲載されたときにも証言を拒否していた。現在、防衛省防衛研究所にコピーが所蔵されている三木の最初の手記「桜花一一型試作経過概要」（一九五八年）には、執筆の日付が〈昭和卅《さんじゅう》年十月〉と記されているから、映画に触発されて一九五五年に書いたものを、のちに防衛庁（当時）が複写したものであろう。


もうひとつの例は、ごく最近のことである。航空機からの人工衛星打ち上げを目指してきた米企業「ヴァージン・オービット社」が、日本時間の二〇二一年一月十八日、太平洋上で一〇基の超小型衛星の打ち上げに成功した。ボーイング747－400型機を改造した飛行機の胴体の下面にとりつけられた小型のロケットは、機体から切り離されると自由落下したのちに点火、向きを変えて宇宙空間へ飛び出してゆく。映像を見ると、やはり桜花を連想せざるをえない。

このニュースを報じた「朝日新聞DIGITAL」（二〇二一年一月二十五日十八時〇〇分配信「大分空港が『宇宙港』へ着々　米企業、打ち上げ試験成功」）によると、航空機からの空中発射によ

る人工衛星打ち上げ成功は世界初で、ヴァージン・オービット社は、日本の大分空港を発着点とした打ち上げを予定し、大分県は関係省庁とのあいだで国内法の確認や調整を急いでいるのだという。ヴァージン・オービット社は残念ながら二〇二三年四月に経営破綻したが、同様の試みが実用化されれば、人工衛星の打ち上げが飛躍的に容易になり、宇宙技術の開発がいちだんと進むであろうことは想像にかたくない。

ただ、どんなアイデアにせよ、技術にせよ、平和利用と軍事目的への転用とは紙一重である。いま、平和目的で開発されているさまざまな画期的な技術も、どこかで誰かが政治利用をもくろんだり、考案者や開発者に責任を押しつけ悪意をもって利用したり、ボタンをかけ違えたりすれば、また人類に新たな悲劇を生む可能性は大いにある。

大田正一の生涯をひもとくことは、宮島基行の言葉を借りれば、これまでの歴史のなかで蓄積された「教訓」を「知恵」に替え、失敗を繰り返さないための道標となり得るのかもしれない。もしそうだとすれば、桜花で命を散らした若者たちにとっても、大田自身にとっても、なによりの手向けになるだろう。

第二、第三の大田正一を生み出さないようにすること、大田を利用した帝国海軍の「上層

部」のような、力を持つ組織や個人による無責任な暴走に目を光らせること——それが、現代を生きる私たちの務めなのではないだろうか。

二〇二三年　六月　一日

神立尚紀

『カミカゼの幽霊　人間爆弾をつくった父・大田正一』主要参考文献、資料等

新聞

朝日新聞（一九三二－一九五一）

毎日新聞（東京日日新聞）（一九三二－一九五一）

読売報知新聞（一九四五）

日本繊維新聞（一九五〇－一九五五）

東京新聞（一九八三・一・三一）

北海道新聞（一九八三・一・三一）

千葉新聞（一九四八）

世界日報（一九八二・二・一～一二・三一）など

市販書籍・雑誌

海空会『海鷲の航跡』（一九八二　原書房）

零戦搭乗員会『海軍戦闘機隊史』（一九八七　原書房）

大本営海軍報道部『大東亜戦争　海軍作戦写真記録Ⅰ・Ⅱ』（一九四三　朝日新聞社）

高松宮宣仁王『高松宮日記（全八巻）』（一九九五～一九九七　中央公論社）

中攻会『ヨーイ、テーッ！』（二〇〇五　文藝春秋）

文藝春秋編『人間爆弾と呼ばれて　証言・桜花特攻』（二〇〇五　文藝春秋）

防衛研修所戦史室『戦史叢書（12・マリアナ沖海戦〈一九六八〉、45・大本営海軍部・聯合艦隊［6］第三段作戦後期〈一九七一〉）』（朝雲新聞社）

秋本実編『伝承・零戦　第一集～第三集』（一九九六　光人社）

雨倉孝之『海軍オフィサー軍制物語』（一九九一　光人社）

雨倉孝之『海軍ジョンベラ軍制物語』（一九九七　光人社）

奥宮正武『ラバウル海軍航空隊』（一九七六　朝日ソノラマ）

奥宮正武『海軍航空隊全史』（一九八八　朝日ソノラマ）

御田重宝『特攻』（一九九一　講談社文庫）

加藤浩『神雷部隊始末記（増補版）』（二〇二一　ホビージャパン）

北村恒信『戦時用語の基礎知識』（二〇〇二　光人社）

木俣滋郎『日本空母戦史』（一九七七　図書出版社）

草柳大蔵『特攻の思想』（一九七二　文藝春秋）

蔵増実佳『望郷の戦記』（二〇〇九　光人社ＮＦ文庫）

源田実『海軍航空隊始末記　発進篇』（一九六一　文藝春

秋新社）
源田実『海軍航空隊始末記　戦闘篇』（一九六二　文藝春秋新社）
源田実『海軍航空隊、発進』（一九九七　文春文庫）
源田実『海軍航空隊始末記』（一九九六　文春文庫）
源田実『風鳴り止まず』（一九八二　サンケイ出版／二〇二〇　ＰＨＰ出版）
小林久三『連合艦隊作戦参謀　黒島亀人』（一九九六　光人社ＮＦ文庫）
佐藤暢彦『一式陸攻戦史』（二〇一五　潮書房光人新社）
多胡吉郎『生命の谺　川端康成と「特攻」』（二〇二二　現代書館）
外山三郎『錨とパイン』（一九八三　静山社）
内藤初穂『海軍技術戦記』（一九七六　図書出版）
内藤初穂『極限の特攻機　桜花』（一九九九　中公文庫）
中川靖造『海軍技術研究所』（二〇一〇　光人社ＮＦ文庫）
中澤佑刊行会『海軍中将中澤佑』（一九七九　原書房）
猪口力平、中島正『神風特別攻撃隊』（一九五一　日本出版協同）
秦郁彦『昭和史の謎を追う　上』（一九九九　文春文庫）
林唯一『爆下に描く』（二〇〇〇　中公文庫、一九四三　国民社）
三木忠直、細川八朗『神雷特別攻撃隊』（一九六八　山王書房）
門司親徳『空と海の涯で』（一九七八　毎日新聞社）
守屋清『回想のラバウル航空隊』（二〇〇二　光人社）
渡辺洋二『重い飛行機雲』（一九九九　文春文庫）
『昭和六年度　海軍志願兵合格の秘訣　附最近六ヶ年間試験問題集』（一九三〇　香柏社）
『大海令・大海指』（一九九六　アテネ書房）
『写真集カミカゼ上・下』（一九九六～九七　ベストセラーズ）
「『丸』エキストラ　戦史と旅18」（一九九九　潮書房）
「クレエヴォーグ」（一九八二年五号　ヴォーグ社）

私家版

三四三空会『三四三空隊史』（一九八一）
日本海軍航空史編纂委員会『日本海軍航空史』（一九六九　時事通信社）
岡田貞寛『海軍想い出すまま』（二〇〇四）
海空会『海軍空中勤務者（士官）名簿』（一九五九）
海空会『旧海軍の常設航空隊と航空関係遺跡』（一九七四）
海空会『海空時報合本（上、下）』（二〇〇三）
財団法人海軍歴史保存会『日本海軍史（全十一巻）』（一九

九五）
財団法人特攻隊戦没者慰霊平和祈念協会『特別攻撃隊』（二〇〇三）
昭八会『六十期回想録』（二〇〇〇）
神雷部隊戦友会『海軍神雷部隊』（一九九六）
零戦搭乗員会『神風特別攻撃隊員之記録』（一九九三）
中攻会『海軍中攻史話集』（一九八〇）
内藤祐次『ひと筋に歩んできた道』（二〇〇三）
吉川和篤『写真集【自衛隊の米軍供与戦車】』（二〇二一）
『第十三期飛行科予備学生誌』（一九九三）
『三菱重工名古屋航空機製作所二十五年史』（一九八三）
水交会『水交』三四三号（一九八二）

一次資料、未公刊資料、その他

〈防衛省防衛研究所所蔵資料〉

「桜花の試作実験に関する命令及計画書」、「桜花一一型試作経過概要」（三木忠直技術少佐筆）、「昭和三年度海軍志願兵応募状況表」、「昭和三年海軍志願兵徴募成績概表」、「昭和二年、昭和三年、呉鎮守府管区志願兵徴募成績概表」、「支那事変論功行賞通報　第一〇號」、「昭和十八年度在郷海軍特務士官准士官名簿」、「飛行機搭乗員現在員調」（各年度）、「航空事故報告」（各年度）、「引渡兵器目録」（横須賀、神之池ほか各海軍航空基地）、「軍艦大井、北上特別定員表」、「上海事変経緯」、「練習生種別並ニ取扱一覧表」
飛行機隊戦闘行動調書（十二空、千歳空、谷田部空、筑波空、横空、二〇四空、五〇一空、七〇一空、七〇五空、七二一空、七五三空、翔鶴、瑞鶴、隼鷹、飛鷹ほか）
飛行機隊戦闘詳報、戦時日誌（十二空、十三空、十四空、二十三空、三四三空、七二一空、七二二空、第百一基地隊、戦闘三〇五飛行隊、戦闘三〇六飛行隊ほか）
「二十六航戦先任参謀覚書」柴田文三大佐、「機密聯合艦隊告示者名簿」、「海軍辞令広報（海軍省・各号）」、「海軍航空基地略号」

〈個人蔵〉

「大田正一奉職履歴」、「空技廠テスト飛行ノート」（周防元成少佐・志賀淑雄少佐）、海軍准士官学生教科書（各科目）、「偵察員須知」（第十三聯合航空隊司令部）、「昭和十九年度日米主要軍用機要目一覧表」（元山空）、航空図各種、「第一神風特別攻撃隊戦闘報告」、「肥田真幸少佐手記」、「堀江良二手記」

〈その他資料〉

山田良市『源田實元空幕長を偲んで』航空自衛隊
映画「太平洋の翼」台本（東宝）
「労働時報三（七）洋裁学校の実情」（労働省）
厚生労働省ホームページ、衆議院議事録、参議院議事録

取材協力・資料、談話提供者

〈海軍関係〉

青戸廣二、飽浦昭三、浅野昭典、一宮栄一郎、岩田勇治、植木忠治、内田豊、大西直次、尾関南山、小野吉昭、片岡良吉、勝見一男、加藤満作、金子良治、小泉龍朗、小林金十郎、佐伯洋、佐伯正明、下山栄、新庄浩、杉本正名、鈴木英男、田浦研一、堂本吉春、内藤徳治、内藤祐次、中島大八、中島正、野口剛、野俣正藏、林冨士夫、平野晃、細川八朗、松林重雄、保田基一、柳井和臣、湯野川守正、渡部亨
（以上海軍神雷部隊）

稲田正二、内田稔、大石治、大川原要、大竹典夫、大原亮治、木名瀬信也、栗林久雄、佐伯美津男、志賀淑雄、高田幸雄、田中昭吉、田中友治、角田和男、長野道彦、野田新太郎、畠山金太、林藤太、速水経康、細田圭一、松村正二、山田良市、山本精一郎、横山岳夫、吉野治男、渡辺正
（以上海軍飛行機搭乗員）

緒方研二、風見博太郎、川口宏、高山捷一、鶴野正敬、松平精、三木忠直
（以上海軍技術関係）

岡野允俊、加藤種男、角信郎、川口正文、武田光雄、竹林博、冨士信夫、門司親徳、守屋清、山鳥次郎
（以上元海軍軍人）

〈遺族・親族〉

大屋隆司、大屋美千代、大屋義子、大屋三郎（以上大田正一遺族）、樽谷博光（大西瀧治郎遺族）、松井方子（横山保遺族）、門司和彦（門司親徳遺族）

〈一般・団体〉

大島隆之（ＮＨＫエンタープライズ）、大橋郁子、大森洋平（ＮＨＫ）、織田祐輔、久保田瞳（ＮＨＫ）、菅茂徳、吉良敢、坂梨誠司、柴田武彦（防衛研究所主任研究官）、中村泰三、服部省吾（元防衛研究所）、福井正洋、三田宏也、宮島基行、森川貴文
潮書房光人新社、（公財）海原会、海軍神雷部隊戦友会、三四三空剣会、海軍ラバウル方面会、伊藤忠ネイビー会、交詢社ネービー会、昭八会、ＮＰＯ法人零戦の会

本書は書き下ろしです。

装　丁◉岩瀬聡
校　閲◉髙松完子
DTP◉ためのり企画
編　集◉加藤企画編集事務所

神立尚紀

こうだち・なおき

一九六三年、大阪府生まれ。日本大学芸術学部写真学科卒業後、講談社「フライデー」専属カメラマンを務め、主に事件、政治、経済、スポーツ、災害などの取材報道に従事。一九九五年、戦後五〇年を機に戦争体験者の取材を始め、以降、インタビューした旧軍人、遺族は五百人を超える。一九九七年よりフリー。著書に『祖父たちの零戦』（講談社）、『特攻の真意　大西瀧治郎はなぜ「特攻」を命じたのか』（光人社ＮＦ文庫）など。ＮＨＫ朝ドラ『おひさま』（軍事指導）、ＮＨＫドラマスペシャル『真珠湾からの帰還』（監修）、ＮＨＫドキュメンタリー「零戦～搭乗員たちが見つめた太平洋戦争～」（監修）など、映像作品の考証、監修も手がけている。

カミカゼの幽霊　人間爆弾をつくった父

二〇二三年七月五日　第一版第一刷発行
二〇二四年五月二十二日　第二刷発行

著者——神立尚紀
発行者——三井直也
発行所——株式会社 小学館
〒一〇一-八〇〇一
東京都千代田区一ツ橋二-三-一
電話／〇三-三二三〇-五九六一（編集）　〇三-五二八一-三五五五（販売）
印刷所——TOPPAN株式会社
製本所——株式会社 若林製本工場

ISBN978-4-09-389126-4